U0055627

THE TIME LAUNDRY

★ ★ ★

時光洗衣舖

海蒂（李家雯）—著

CONTENTS

「時間」，是人類創建的概念。
從不存於世上，人們有時間感，是因為「記憶」。
因著人們記憶前後的不同，產生了時間感的差別，
而在其中「等待」的人，只是浸潤在記憶之中，抱著期待，撫慰人生。

Item 1/

初戀手帕

☐可機洗　☑手洗　☐不可水洗

☐可漂白　☑不可漂白

☑可烘乾　☐不可烘乾

低溫烘乾

☐吊掛晾乾　☑吊掛陰乾

☐平放晾乾　☐平放陰乾

備註：

貴重物，客人放學後領回。

無尾巷內，一座靜謐的院子，若不刻意走入，任誰也不會特別注意到裡面的店鋪。

一名穿著高中制服綁著馬尾的女學生忐忑地站在院子口，張望著這開滿各式茂密植物的環境，雙手緊緊握著手機，再三確認地圖上的地址。

店鋪的大門半開著，女孩鼓起勇氣，小心翼翼地向內走去，拉開看來已有年歲的綠色木紗門，怯怯地向裡面喊道：「請問……有人嗎？」

女孩繃緊神經，畢竟自己單憑網路上的幾句推薦介紹就獨自跑來這陌生的地方，總有些緊張。她不停打量屋內四周，在她正前方是一張接近單人床大小的木製櫃檯，偌大檯面上發黃的塑膠透明軟墊下壓著各種單據，檯面上一臺古董收銀機，對照著女孩手上的智慧型手機，這畫面儼然像她穿越了時空，形成一股強烈的對比。櫃檯後方吊掛著整排套著透明塑膠套的衣物，顯然它們已經被洗滌整理乾淨，靜候著主人來帶走它們。屋內左側牆面前，則是整排的衣物，安靜地垂吊在衣桿上。

女孩心裡鬆了口氣，嗯，應該真的是這裡沒錯。

她四處張望，店裡面空無一人，吸了吸鼻子，飄出一股咖啡香。

女孩正要出聲喊人，恰好一名身著灰白色圍裙、看起來約莫四十出頭歲的中年男子，從屋子後面走了出來，一隻手上還握著鐵灰色手沖咖啡壺。

女孩看見屋裡走出了人，也不管三七二十一就急急忙忙地把手深入側背包：「不好意思，請問這裡能幫忙洗這個嗎？」

她從側背包中拉出一個紙袋，再從中取出一個約莫名片大小的鵝黃色紙盒，放在檯面上，小心翼翼打開。

「啊？」面對突然闖入的女孩，男子一臉疑惑，半張著嘴，顯得有些錯愕。

他是這間洗衣舖的主人，但就刻板印象來說，立體的五官與眉宇、細長的手指、圓框眼鏡，讓他看起來更像是文青風格書店的老闆。然而，或許是洗衣舖的古董日式氛圍，讓一切不那麼違和。

「咦，這裡有在幫人洗東西，沒錯吧？」店舖主人的反應令女孩不安了起來。

眨了眨眼，店主人回過神來，「喔！對對對！沒錯，妳有東西要洗嗎？」

男子連忙放下手上的咖啡壺，順手接過女孩手上的物品。

「不好意思，你們是不是還沒開店？」女孩有些困惑，來回確認手機螢幕上顯示的營業時間。

對啊，應該開店了吧？但她還是擔心。

「嗯嗯，開了開了。只是，雖然我們開店得早，卻很少有人這麼早就來。」

男子望了一眼牆上的木框圓形時鐘，指針上顯示六點五十分。

「嗯，我想說趁上學前趕快來。」

「同學住這附近？」

「嗯。」她點點頭，眼睛依然緊盯著店主人手上的手帕。

女孩住在大馬路的另一邊，平時上課都從另一邊去，很少有機會走來這一端，也從不知道這裡有一間這樣的洗衣舖。

店舖主人低頭檢視著手上剛接過來的手帕，屏氣凝神。

手帕的觸感非常厚實柔軟，細緻綿密的白色紗線為底，編織出繪本風格的藍紫色燕子圖樣，相當精緻。整體風格就像眼前少女的氣質一樣，流露著青春的氣息。

「那個……我可以問一下，妳會想特別送洗這條手帕的原因嗎？」端詳了手上的手帕一陣子，店主人有些困惑。

「沒辦法洗嗎？」聽到店主人這樣說，女孩擔心了起來。

「不是不是，是妳這手帕看起來很新啊，沒有什麼特別的髒汙，我其實想不出有什麼送洗的需要。」主人微笑著，把手帕遞還給女孩。

這家店怎麼這樣？有生意還不做？女孩忍不住心裡嘟囔著。

但她不死心，「不是！老闆，你看這裡。」接過手帕的女孩，急忙將毛巾翻到背面，指著左下角一處，推到店主人眼前。

店主人順手調整了眼鏡，瞇起眼仔細端詳，注意到那處確實有一小片約莫紅豆大小，比鵝黃色還淡的隱約汙漬。他點點頭，「嗯，有耶，我老花了，竟然沒看到。」

「那個……我怕我自己洗壞了，才想送洗看看。」女孩侷促不安地為自己解釋。

洗衣舖的主人露出了微微的笑容，他笑起來時眼尾露出一摺摺線條，臉頰上有兩個清楚的酒窩，眼神溫潤誠摯，不經意地流露出令人放心的踏實感。

「這手帕想必對妳很重要。」

「嗯，是啦。」女孩神情變得靦腆又尷尬。

這間洗衣舖，只要是客人的委託送洗，都會盡力完成，不分物品的大小與價值。而人們會特別把物件送洗，多半是因為物品很珍貴，不論是物品本身的金額，或是戀戀不捨的情感。眼前的手帕質感雖然高級，但推估市面上大概賣不超過幾百塊錢，女孩特意送洗，想必是有情感上的意義了。

「男朋友送的？」店主人直覺式地猜測。

「是……是男生啦，但我也不知道算不算是男朋友……」女孩低著頭，神情顯得微妙。

「但不論怎麼樣，我想他一定對妳很重要。」店主人低沉的聲線，有種安撫人心的魔力。

聽到店主人這樣說，女孩若有所思地抬起頭來，「老闆，我可以問你個問題嗎？」

「問我？問我什麼呢？」店主人不解地搔了搔頭。

「欸……」女孩又安靜了，不知道怎麼說下去才好。「啊，還是問一下好了……」她喃喃自語，「啊，不然還是不要好了……」

女孩陷入了自己的世界，自言自語自問自答反反覆覆憨直的模樣，讓店主人不禁莞爾，但為了不讓女孩感到更緊張，他只是在一旁等著。

她試著深呼吸幾下後說道。

「呼～好，老闆，我問你喔。你覺得，如果一個男生對女生說『我們要不要暫時交往看看？』這樣是不是代表他不想對這份感情認真？」女孩越說越小聲，又低下頭來盯著桌面。桌面上那塊已經發黃的塑膠墊上有好幾處紅色的斑點，看起來像某種墨漬，女孩覺得眼熟，但一時間卻又想不起來是什麼。

「妳說，男生對女生說『暫時交往看看』，這樣嗎？」

「嗯對！他是這樣對我說的。但是，什麼叫做『暫時』？很多人都跟我說，這個暫時聽起來很不保險，沒有對未來的保證。」女生臉上的光彩變得黯淡了幾分，嘟著嘴。

「同學，這妳問我……叔叔我其實也沒有什麼豐富的戀愛經驗，妳確定要問我嗎？」主人用他細長的手指搔了搔頭。他口裡雖這樣說，但可以聽得出來，他並沒有推託的意思。他只是意外，這女孩也太率真了，對初次見面的陌生人，竟然直接進行戀愛諮詢了。

「嗯，沒關係啦，拜託你說說看。有些事情好像問陌生的第三者比較客觀吧！」女孩哀求著，跟剛剛反覆矛盾不敢開口的樣子截然不同。

「嗯……」店鋪主人抬起頭來盯著窗外的植物，認真仔細地想了幾秒後道，「好吧！雖然不知道大叔我可以幫上什麼忙，但妳就說說看吧。」

女孩臉上咧嘴笑了，「這……這其實是我學長送我的啦！」她指了指眼前的手帕，接著又像想到什麼似的，連忙掏出手機，點開相簿，再推到店主人的眼前。

「你看你看！這就是我學長。」

螢幕上是一名男孩在籃球場上，由上往下拍攝的照片。男孩穿著運動服，手抓著籃球，正要投籃。整個畫面有些模糊，男孩的五官也不清楚，應該是拍攝的距離太遠，於是拍照的人放大了好幾倍，拉近距離卻讓解析度降低了。看著自己心愛的人的影像，女孩的臉上洋溢著光彩，一臉正在展現專屬自己的稀世珍寶的驕傲。

女孩的手指繼續在手機上滑動，來到一張她比較滿意的照片。

「這個！」

照片上是眼前女孩和一個男生的合照，女孩喜孜孜地右手比著「耶」，左手則是拇指和食指緊捏著身旁男生的西裝制服，男孩表情靦腆又害羞的樣子，像是硬被拉來合照，但又憋著竊喜的表情。

「他跟我告白的時候，我真的很開心，當然就同意了啊。但是學長其實今年就畢業了，他未來要去哪裡念大學我也不知道。大家都說，如果要交往，就得好好思考未來，努力一起前進，像我們這樣對未來沒有想法就貿然決定交往，好像……很不負責任。」此時，女孩突然嘆了一口氣。

「大家都說？」

「嗯……」

「所以聽起來妳的戀愛，也想符合他人的眼光？」

「不都是這樣嗎？談戀愛不能太盲目，也要聽聽別人說的。」她繼續滑著手機，緊盯螢幕裡的身影。未來有太多不確定，讓情竇初開的女孩更患得患失。

「嗯，太盲目是不太好啦，但我想，談戀愛的時候，甜蜜都是真的吧。」

「是啊！」女孩眼前浮現了學長在告白那刻木訥的表情，燦爛地笑了起來。

「那麼為何要因為他人的幾句話，就決定自己要用什麼形式去定義妳在戀愛裡該有的感覺呢？」

「什麼意思？」女孩皺起眉頭，不太明白。

「就好像妳手上的這條手帕，摸起來的觸感如何？」店主人指了指女孩手上的手帕。

「很柔軟，很舒服啊。」

講到心愛的禮物，女孩的聲音裡有些單純的嬌羞。她手中緊握著手帕，感受它在指尖的觸感。自收到起她就小心地保管收藏，根本不敢拿出來使用，別說真的拿來擦汗了，連讓它離開外包裝的紙盒都捨不得。

「那如果我跟妳說，它其實不是什麼高級的品牌，而且這種手帕太厚實，在潮溼的臺灣可能很容易就發臭發霉了，妳會感覺怎麼樣呢？」

「不會怎麼樣啊，反而覺得你莫名其妙。」

「那妳現在摸著它的觸感，有因為剛剛那幾句話就不一樣嗎？」

「當然沒有啊！」

「那就對了，不管我說什麼，都不會改變這手帕在妳手上真實的質感，**因為那是妳個人主觀的感受，任何人都沒有辦法替妳決定妳真實的感覺**，不是嗎？」

洗衣舖主人的一連串提問，讓女孩陷入了思索。

「所以老闆的意思是說，戀愛的感覺是我自己的，我可以按照自己真正感覺到的去體會，不要管別人的想法，這樣嗎？」

青少年階段的微妙之處，就在於他們已經開始有了獨立思維，希望一切能自主決定的同時，又未能有足夠的堅定自信。在自立與聽取他人意見之間拉扯矛盾，這種迷惘帶來對未來的焦慮，就更使他們反覆不安、裹足不前。

「我想說的是，**妳可以自己決定要不要迎合他人的想法**。不論是未來的事，還是現在的事，都先別去考慮，這不也是一種方式嗎？」

女孩此刻的眼神有些閃爍。

「這條手帕材質很好，樣式也很可愛，看得出來選擇它的人花了很多心思。我可以感受到透過這份禮物所傳遞出來的心意，這不也是真實的嗎？」店主人再次開了口。

「可是……他跟我說『暫時』交往耶。」

而聽到「暫時」二字，店主人腦海裡快速浮現過往的陳年記憶，但他沒讓那些畫面停留太久，只是露出一抹有點神秘的淺淺微笑，「暫時啊？人生不都有很多的暫時嗎？」

「什麼意思？」女孩又陷入困惑。

「我剛剛認識妳的時候，那是十五分鐘前的暫時吧！」他指向牆上的鐘。

「現在我們在對話，也是此刻的暫時。妳今天一整天，也會是由很多很多的暫時串起來的吧！」

「老闆，你想講的是『活在當下』嗎？但那樣是逃避未來吧！」

女孩有點不以為然，她想起班上那些同學，明明功課、考試迫在眉睫，他們卻帶著戲謔逃避的態度，高聲嚷著「活在當下」，不肯專注在眼前的任務，無盡地拖延與逃避。那些看似活在當下的理由，卻是對未來責任的逃避。她可不希望自己才剛萌芽的戀情變成是對未來的不負責任。

「不，我想我們都誤會活在當下的意義了。妳知道嗎？在英文裡會說是『here and now』，就是『**此時此刻**』。妳眼前面對的就是跟學長交往這件事，不管你們未來變得如何，都還是得一起專注在『眼前』每一刻吧！所謂『暫時』，不也正因為往後每一步的狀態，隨時都有變化的可能嗎？」

「那萬一我們真的分手怎麼辦？」

不去想著未來的戀愛，真能令人享受其中嗎？老闆會不會太理想主義？

「我們有誰，是不會分開的嗎？」

「這……」

主人環顧著四周道，「我這裡每一樣被帶來的衣物、每一個物品，跟我也是暫時的相遇，等它們被洗乾淨、整理好了，隨時會被主人帶回去。人生每件事物，都是為了『分離』而相遇的啊。」

「那你難道不會擔心你這麼認真地洗了它們，最後它們的主人還是把它們丟了，這不就很糟蹋你的努力嗎？」

「確實啊，人生真的變化得太快。」

「所以有人跟我說，既然是暫時的感情，就不要留戀太多，也不用怕以後難以割捨，更不用擔心難以抽離，叫我不應該現在投入太多。」

「那當然也是一種態度與方法，但我如果這樣想的話，我就沒辦法投入在我的工作裡了。」

「一定要投入嗎？」

「沒辦法投入，我就沒辦法『享受』在這件事情裡。沒辦法體會每一件物品本身的價值與意義，也沒辦法相信我所做的這件事情其實是很棒的！而且，就是因為我知道我和這些衣物都是暫時的相遇，所以反而會讓我更珍惜與這些物品的相處時光。」

女孩隨著店舖主人的眼光，一起環顧四周，有已經洗滌完畢的衣物，也有預備整燙的襯衫。

突然的靜默，讓牆上秒針的滴答聲變得立體。

時間一秒一秒地走著，而這些東西確實都只是過客。

「其實人生所有的境遇，都是以結束為前提發生的。人們也都是為了分離而相遇。」

「你這樣講也太感傷了吧?!」店主人打破沉默的這句話，讓女孩不服氣，這說法太令人傷心了。

「但正因為萬物總有始有終，所以我會把『和這些東西都有一段美好的結束』，視為自己現在努力的最終目標。於是眼前的一切暫時，都可以是我最投入的暫時。專注於此時此刻的『暫時』，並非是因為這段關係太脆弱不可捉摸，相反地，這都是為了堆砌未來更好的下一刻，所以為眼前每個『暫時』做出最大的努力。因為有了此刻踏實努力地度過『暫時』，才有串起未來『永恆』的可能啊，不是嗎？」

女孩再度陷入了安靜。思索後，才緩緩道：

「你說的，我好像有點懂。所以老闆，你是想說，就是因為這些都是暫時的，反而每一刻都把握好了，才有一直走下去的可能，這樣嗎？」

「至少，我知道這條手帕在此刻對妳的重要性，哪怕有天妳不再那麼在意它了，**它對今天的妳來說，對此刻的我來說，都是最真實的**。如果每一天都可以這樣被『重視』，不是很好嗎？」

「所以，如果我真心想跟學長有『未來』，我就更應該把握好現在的每一刻，對嗎？」女孩看向手上的手帕，腦海裡再次浮現學長告白時雖然木訥，卻誠摯堅定的眼神。

店主人笑而不答，把手上的衣物送洗單交給女孩。原來不知不覺間，他已經把單據寫好了。

「我說了，對愛情這種事情，我已經是大叔了，不太懂。妳問我是問錯人了。但我知道的是，沒有把眼前做好，就談不上未來。」

此刻店主人的表情沒有了剛剛談話時的嚴肅認真，但他一面順手整理起桌上的物件，讓女孩想起學校那位認真又老實的圖書館館長，講話的時候總是嚴謹又不苟言笑，但實際上是個很令人信賴的人，於是不知不覺間心防鬆懈，一下就縮短了與他的距離。

「少來了，老闆你一定很有經驗！」女孩調皮地開起了玩笑，還順手打了一下店主人的手臂。

「話說同學，妳幾點要上課啊？」他伸手撫了撫自己被打的手臂，沒想到女孩年輕歸年輕，力氣還不小，挺痛的。

「現在幾點了？」女孩朝牆上的時鐘一瞥，驚呼，「啊！我要來不及了！」

女孩慌張地衝出店舖。

綠色的木紗門在她身後嘎地闔上前，女孩丟下了這樣一句話：「老闆，手帕就拜託你了，我今天下課會回來拿！」

庭院外恰好一抹晨光斜灑，映照著女孩向外奔跑的背影。洗衣舖內的主人傍著木製櫃檯，望向女孩，瞇起眼，深邃的眼睛裡好似流露一道淺淺的笑。不知怎麼地，女孩步出院子的步伐，似乎比來時輕盈了些。

Item 2/

忙碌襯衫

- □可機洗 ☑手洗 □不可水洗
- □可漂白 ☑不可漂白
- □可烘乾 ☑不可烘乾
- □吊掛晾乾 ☑吊掛陰乾
- □平放晾乾 □平放陰乾

備註：

急件，客人於現場等候。

咯吱一聲，腳踏車的急煞聲在巷尾響起，幾隻低頭不停啄食的麻雀受到驚擾，振翅飛離。一隻打著盹兒的老狗躺臥在院子前，被腳踏車聲吵醒後，只微微抬起頭瞅了一眼，又繼續趴下，慵懶地享受晨間的陽光。

綁著馬尾的女孩跳下腳踏車，蹲下來摸摸狗兒的頭。狗兒低下頭去，比起女孩熱情的招呼，牠更渴望來一根可口的潔牙棒。女孩起身後，踩著輕快步伐，往院子裡走去。

女孩再次回到坐落在無尾巷內的這間店鋪。

「老闆！早安！我又來了！」

女孩熟悉地拉開老舊的綠色木紗門，門閂生鏽的摩擦聲響，熱鬧了原本安靜無聲的巷尾。

屋內左側牆掛滿整排衣物，右側是一整排的書櫃，架上的書籍高低不一地排列，一點也沒有按圖書館該有的邏輯分類。整排的書籍與整排的衣物毫不違和，彼此相安無事安放於此。女孩已經習慣了這洗衣鋪的擺設了，但對許多第一次光臨的人來說，一時之間往往不太習慣，若沒注意到送洗的衣物，會誤以為自己來到了一座迷你圖書館，洗衣鋪主人——高老闆穿著他常穿的灰白色圍裙，倚在書櫃旁。聽到女孩高分貝的聲音，垂下手中正在閱讀的書，隔著圓圓的眼鏡，瞇著眼盯著眼前名叫小如的女孩。

他腦海裡浮現幾週前，小如在某個清晨闖進洗衣鋪裡的模樣。從那次之後，她就像是把這裡當成自己家，時不時往店鋪裡跑，就連明明是國定假日的今天，小如也熟門熟路地跑來。

「果然，網路上說你這裡不休息的，還真不假！今天不是國定假日嗎？你也這麼早開門？是年紀大了，習慣早起嗎？」

這間洗衣鋪的營業時間與別人不同，不只店開得特別早、閉店特別晚，就連休息日也不同。每年只固定在三個非國定假日休息。就算是除夕夜與過年期間，「營業中」的牌子依然認真盡責地掛在門旁。小如過去幾週都只有下課後或週末沒有補習的時間才跑來，今天沒有補習，她特地一早就來看看。

「對，謝謝妳這年輕人的關心。不過放假妳不在家裡休息，又跑來我這裡做什麼？」

「我來以工代償啊！來還債。」小如的高分貝，拉回了店主人的思緒。

「以工代償？什麼嘛！不是跟妳說我這裡不缺人手嗎？」他低下頭繼續專注在手上的書籍，嘴角卻微微上揚。

「沒辦法啊！誰叫老高你上次幫我洗了手帕又不收錢，怎麼可以讓你做白工？」小如咧嘴笑。

「沒跟妳收錢，是因為那一點點汙漬根本沒花什麼力氣，我連洗劑都沒用。」店主人翻頁的動作，手指頭特別好看，不太看得出長年在洗衣染劑裡浸泡的痕跡，反而更像文人的手。他的視線一直沒離開手上的書，「還有，有點禮貌，『老高』不是妳叫的。」自從某次被小如聽見一位熟客這樣稱呼他，她就自作主張地也這樣跟著叫了起來。

「我拿回來的時候這手帕簡直跟新的一樣，你怎麼可能沒做什麼？一定是老高你當我是窮學生，不想我花錢吧？你這樣人太好了！」小如當作沒聽到店舖主人的抗議。

「不是，我說啊，今天是國定假日，妳與其在我這裡打混，倒不如去跟男朋友約會，妳……」他試著想說服她，趕走她才能換來晨間的清靜。

突然屋外傳來聲響，打斷了女孩與店主人的對話。

「Hello, Hello! Anyone?」

急促的高跟鞋聲敲在店舖外院子裡的水泥地上，一陣焦躁的女聲傳來，沒等任何人回應，便用連珠炮的高分貝喊著：「Anyone? 你們開店了吧！我要洗衣服！」

嘎～砰！女人用力拉開綠色木紗門，反作用力下，門以同樣的力道回彈。門片打在門框上，震耳作響，打斷了女孩與店主人的對話。

店主人和小如互看一眼，兩人都對假日一早就有人來送洗衣服感到詫異，而且聽這口氣，也太著急了。

走進屋內的是一名留著俐落短髮的女性，下巴尖細，頸部線條清晰。她一身套裝，俐落專業感十足，看起來很習慣自己這身打扮，而在假日還如此穿著，想必今天也預備要工作。

「妳好！請問要送洗什麼？」一開始聽見英文，小如還以為是外國人，發現自己猜錯了，立刻熱情地搭話，儼然一副洗衣鋪員工的樣子。

「Well! 我趕時間，這襯衫能不能趕快幫我弄一弄？我趕著等一下就要穿。Make it quick.」她瞟了小如一眼，露出不太信賴的眼神，直接掠過她，把襯衫推向洗衣鋪主人面前。

「你是老闆，right? I need it cleaned ASAP! 我今天就要，越快越好。」怕他們聽不懂英文，女客人又補了一句中文。

「好的，請問襯衫怎麼了嗎？」店主人接過襯衫，還沒看標示，憑著光滑柔亮的觸感，就知道應該是一件價值不菲的絲綢襯衫。

「你沒看到嗎？這裡！Here!」

女客人指尖不耐地反覆戳點著襯衫上一片近似黑色的汙漬，她的語速飛快，表情惱怒，十分不悅。

「你是老闆對吧？Can you make it quick? 現在馬上幫我弄一弄，我今天有很重要的場合，等一下還趕著要穿！」

真是狗屎運！什麼時候不弄到，偏偏是今天。女客人心中不停嘟囔。今天和外國客戶有重要的業務報告，她一早就起來反覆練習，胸有成竹地要預備出門時，卻不小心把正要收起來的鋼筆墨水噴在襯衫上。

偏偏這件襯衫又是她嚴厲的女上司送的，這麼重要的場合，非得穿這件衣服不可。想到罪魁禍首的鋼筆，女客人更加惱怒。鋼筆是上個月她被升遷為團隊主管時，同仁們集資送她的賀禮，當時她還為大家的好意感動不已，明明升遷後，她會成為要負責管理大家的人，大家卻依然能這麼好意地祝賀她。現在回想起來，恐怕就是故意送她一支會漏水的筆，等著她在重要場合時出糗。

洗衣舖主人仔細端詳襯衫上的汙漬，看起來逼近墨黑的顏色，其實是深不見底的藍。

「嗯，這是墨水吧？這汙漬看起來不是不能完全去除，但如果妳早上趕著穿，我可以先快速緊急處理一下，讓它看起來不要那麼明顯。等妳有空再拿回來，我有完整的時間做細部處理，才有可能完全去除。」

「What! 沒辦法立刻完全弄好？我朋友還跟我說這裡什麼都可以處理。」聽到不能馬上處理好，她嫌惡的眼神更加明顯。

「事情總是有可為與不可為，就算再簡單的事，如果不花時間等待，也會看不到想要的結果喔！」

「你在說什麼nonsense啊？亂七八糟的。」女客人怒瞪他一眼。

「我是說，我可以讓墨漬變得不明顯一點，不過還是得給我一點時間。如果妳願意等，不妨稍坐一下。」店主人從容不迫地微笑回應。

「那……那要多久？」

女客人陷入了兩難，她希望可以立刻處理好，但假日一大早，哪裡還有其他洗衣舖可以找呢？

「不用太久，大概二十幾分鐘吧。要不然請妳先坐一下，旁邊書櫃上的書都可以隨便翻。」女客人此時才注意到，原來這懷舊味十足的洗衣舖，右牆面竟是整排落地書櫃，擺滿琳琅滿目的各種書籍。書牆前是一張小茶几和木椅，依著窗外灑進的光線安穩擺放。

書牆讓整間店鋪看起來更顯淳樸素雅，沒有印象中傳統洗衣鋪的潮溼悶熱。她猶豫了一下，決定在木椅上坐下來。

「好吧！你說二十分鐘對吧？Please be quick，我還趕著要進公司一趟。」

「小如，我後面廚房的咖啡剛煮好，妳幫我倒一杯給這位客人吧。」

「喔，好！」面對這態度惡劣、講話還動不動要「烙英文」的女客人，小如實在沒好氣，但把自己當店鋪一員的她，還是立刻聽從店主人的指令，走到廚房熟練地將咖啡端上。

心急的女客人才剛伸手接過盛滿咖啡的馬克杯，又立刻站了起來，一個轉身差點撞上緩緩走進屋內的老狗。不知什麼時候，原本還在前院曬太陽的「安靜」，已經從後門繞進屋內了。

「Shoot!」她驚呼一聲，手一滑，咖啡瞬間灑了好幾滴在地上。「老闆！你的狗怎麼亂出來嚇人！」

「安靜」果真是狗如其名，面對眼前大呼小叫的女客人也只是斜眼瞄了一眼，一副完全不受干擾的悠哉模樣，走到店主人腳邊，蹭著他的腳踝趴下。

「明明是妳自己不長眼，差點撞到牠的。」小如忍不住嘟囔，為狗兒叫屈。

「小如。」店主人看了女孩一眼，用眼神示意，要她別那麼口沒遮攔。

「我現在走不開，能不能拜託妳幫我擦一下地板，然後帶安靜去散步？牠睡太多了，該去走走了。」

「喔！」小如心不甘情不願地隨手抽了幾張面紙，蹲在地上仔細擦了幾下，接著起身牽著也是一臉不情願的老狗往屋外走去，「安靜，走！我帶你逛街去，免得在這裡被人家嫌。」

嘎。小如向外推開木紗門，從鞋櫃找出狗鍊，手腳俐落地扣上安靜的項圈。安靜就這麼安安靜靜地配合小如的動作，離開院子前，牠轉過頭，隔著窗戶瞥了一眼屋裡的主人。牠眼睛上方的白毛微微垂下，眼神裡好似寫著：這筆帳回來再跟你算。

店主人見狀，也愣了一下，什麼嘛！這傢伙什麼時候也學會對我發脾氣了？

「抱歉！狗老了，比較隨心所欲一點。」店主人口裡邊說，眼神依然專注在手上的襯衫。

「哎，What a lucky dog! 狗真好命，可以悠悠哉哉，人哪有這樣的好命？像我等一下還要趕回公司，現在在這裡多等一分鐘，心裡就多焦慮一分鐘，分分秒秒的時間都浪費掉了。哎呀，Shoot! 好燙！」女客人本想一鼓作氣喝掉咖啡，但剛碰到唇邊就燙著了，實在沒法一口全吞下，只好隨手把咖啡杯擱在桌上。她從提包裡拿出平板電腦，研究著自己接下來一週的行事曆。

「嗯，等待確實令人心急啊。不過，**如果能享受在浪費裡，那就不是浪費了。**」

「What? 你說什麼浪費不浪費的？」女客人尾音揚起。

「我是說，這衣服確實一時半刻不會好，但既然要等，何不從書櫃上挑一本吸引妳的書，一邊搭配咖啡，享受在這裡等待的時間呢？這咖啡是我早上現磨的，妳試試，或許合妳的口味。」店主人嗓音低沉，神態自若地專注於清潔，彷彿在進行一場神聖的儀式。

「然後，我建議妳，慢慢喝。」

女客人白了他一眼，碎嘴道：「老闆，你好像很懂得 enjoy 你的生活喔？你每天就是洗衣服？不用忙其他的事？」高頻的音調，讓她的語氣聽起來帶有挑釁的意味，但女客人只是單純對店主人的從容感到好奇。她隨手把平板往桌上一扔，身體前傾，開始四處張望，覺得這洗衣鋪也太安靜了吧？難道是如此，才連狗都取名叫「安靜」？

「我嗎？我的生活就是依照自己的步調安排吧。沒有客人的時候，就稍微整理前後院那些花花草草；想看的書到了，就翻一翻；偶爾到外頭去騎車。」

「什麼？就這樣？That's it? 你也太浪費時間了吧！」

難道這店主人才是深藏不露的好野人，沒有金錢壓力？她再次仔細環顧了洗衣鋪，這房子老歸老，但坐落在市區又是獨棟的建築，包括外面的院子，整體坪數確實不小，地段也不差，真要算起來，在市場上應該價值不菲。如果搭配都更改成高級住宅，哇！說不定還真可以大賺一筆。

早聽說過不少有錢人實際上很低調，看似生活儉樸，其實家財萬貫。說不定這店主人開這什麼洗衣鋪，也只是打發時間，圖個興趣什麼的。

想到這，她不禁稍微收斂了些氣焰，口氣也緩和了一些，但臉上冷酷嚴肅的線條倒是沒改變多少。

「老闆你真好命！我就沒你這麼lucky了。我每天要忙的事情有夠多，除了上班下班，不停的meeting，不停的business trip之外，還有book club、進修上課，還要去gym健身，時間根本不夠用。你這樣的生活也太鬆散、太任性了吧！真是糟蹋生命！還不如分一點給我。」

「哇，聽起來妳的生活有好多事情啊，讓自己這麼忙，是為什麼呢？」

「為什麼？這……當然是讓自己充實一點啊！」女客人忍不住「嘖」了一聲。

「那，妳覺得充實了嗎？」

「Oh, of course!」女客人被這樣突然一問，表面上神情故作鎮定，但卻開始坐立不安了起來，「人要有效利用時間，最大化自己的時間效益，make the best of it，否則就會被淘汰啊！」

女客人對眼前店主人一臉悠閒在清洗衣服的樣子感到很刺眼。她聯想起這幾年辦公室裡新進的後輩，個個都崇尚什麼躺平、佛系人生，對工作絲毫不積極也不投入，只會要求準時下班。表面上說自己是怡然自得，其實根本毫無危機意識。這些人對生活完全沒有上進心，下班後只想著到處吃美食、拍照打卡，難怪一個個都存不了多少錢。從她的眼光看起來，就是不知人間疾苦，是從小在家被父母照顧得太好的寵物，根本沒有生存能力。

她不一樣，從小家中父親不上進，她很早就看清了：人得靠自己才能存活。沒什麼念書的母親根本沒有能力供養她和弟弟一起念書，重男輕女的選擇下，從讀專科開始，她就開啟半工半讀的生活。為了讓自己快速還完學貸，她非常認真選擇就業領域，學生時期就在外商公司打工，專科一畢業就被老闆看中，直接成為正式員工。明明畢業於普通學校，也沒出國念書過，卻說著一口流利標準的英語，經常被誤會是海外歸國的第二代，這令她感到非常自傲。

她深信，自己的人生要靠自己掌握，所以不拚不行！沒有力拚，怎麼可能翻轉人生？老天爺看似公平，給每個人相同的一天二十四小時，但她深知命運的不公，人生從來不是機會上的平等。於是她加倍利用自己的時間，才能翻轉這樣的不平等。

二十六歲那年，她存到第一筆頭期款，為自己在鬧區買了一間小套房，再出租出去，雖然自己還是苦哈哈地住在租來的小雅房，但在不知情的人眼中，她瞬間成為眾所欣羨的包租婆。她打算工作再撐一下，過兩年趁行情好賣掉這間套房，再買個大一點的房子自己住，把南部的媽媽接上來，讓她看看那個她沒能力支持的女兒，現在多風光。

女客人對店主人的提問感到有些不悅，他就像周遭那些只會質疑她的人一樣。

「What? 你是質疑我的做事態度？還是懷疑我只是隨便說說？」女客人倒也直白，直接說了自己不愉快。

「不不不！我沒那個意思，如果讓妳誤會了，我很抱歉！我相信妳在工作上一定是很有成就的。我只是很好奇，這麼充實的妳，想必很滿意自己的生活囉？」

「這……」這個問題讓她有些語塞。

不自覺地感到一股氣悶在胸口，如果一直投身於工作換來的是永遠的開心，那也還好，但確實最近她越來越容易感到心累，工作時數也是有增無減。雖然薪水越來越高，但依然有種空虛感壓抑在心中。

「也不是這樣說，但這就是work啊！工作就是把時間賣給老闆，然後換取合理的薪水，怎麼可能令人永遠滿意？再說人也不是鐵打的，會感覺到累也是自然的吧！」

她的臉部線條又變得緊繃起來，拿起桌上的平板電腦，靠回椅背，自顧自地滑了起來，不知是又忙碌在工作裡，還是在逃避什麼。

「那很累的時候，妳會讓自己休息嗎？」店主人沒有抬頭，只是緩緩地問。

「休息？Are you joking？哪有那個餘裕？我說了，要做的事情太多，時間根本不夠！」女客人低著頭，語調平板，刻意壓抑自己的情緒。

「所以妳把時間塞得這麼滿，想要追求那種充實的感覺，但有時反而也會感到空虛吧？」

「這……」面對店主人一來一回的提問，她像是被看穿似的，根本不可能專注在螢幕上，直接瞪著店主人。

「如果，老是想把時間塞好塞滿來獲得充實感，卻常常感到空虛，會不會問題就在於『**塞得太滿了**』呢？」

「什麼意思？」

「硬被塞滿的忙碌，是真忙？還是假忙呢？」

女客人此刻瞇起眼，一臉惱怒地盯著店主人，但對著他臉上一貫的微笑及溫和的聲調，也不好任意發洩。她已經數不清自己今早到此刻為止，到底翻了幾次白眼了。要不是沒有其他洗衣舖救急，她真想立刻離開這個地方，離開這位店主人。這店主人真的很有事，難道不能好好說話嗎？非得一直問她？問起話來像是擰毛巾似的，非要一點一滴地將她擠個透徹。

這感覺令她感到赤裸，十分不安！

好，不講了，專心注視螢幕，準備等一下的簡報。

「說到底，時間是什麼？」店主人繼續微笑問道。

女客人沒回答，但心裡有種不吐不快的鬱悶，說是不想回答，其實她正懊惱於那種就像要被窺探個徹底的不安。

「或者我應該問，人能真的證明時間的存在嗎？」

「你說什麼廢話？時鐘上的指針分分秒秒在走，不就是proof嗎？不然你把手機拿出來，碼表按下去，數字在跑，就是時間啦。」

「時間，其實是一種現代人創造出來的抽象概念。妳知道嗎？數千年前，居住在非洲尼羅河畔的努爾人，他們談到時間時，不會說幾點幾分，而是說『我跟你約在日落時見面』或是『我得在擠完牛奶後離開』。那裡的人形容時間，不用分秒數字，而是藉由生活事件來敘述。」店主人想起在哲學書上看到的關於時間的說明。

「不用數字？」從沒聽過這種說法的女客人，被勾起了好奇心。

「是啊，**時間其實是一種抽象的概念，沒有人真的擁有過，也無所謂浪費不浪費，更沒有塞滿或空白的差別。**」

「那你是在說，我每天忙東忙西，把時間排得滿滿的，是我fooling myself，自以為不浪費，自以為充實而已？」

「不，妳誤會了，我是想說，時間是一種未必真能被量化或數字化的概念，沒有人能真的擁有時間。所以當我沒做事的時候，更像是我在生活裡留下『**沒做事的片段**』。這不是『**時間的空白**』，而是我走在自己的生活步調上而已。」

「這不就是無所事事的浪費嗎?!是空虛吧！」

「空虛嗎？我反而覺得，當我有一段時間刻意地什麼都不做，反而讓我在後來忙碌起來時的感受更為真實，也能獲得真正的充實感。」

「真正的充實感嗎……」女客人思索著這玩味的對話。

追逐工作上的滿足已經這麼多年，但真的豐盈了自己嗎？這麼多年來，除了因為生病不得已的休息，好像只有忙與更忙，沒有真的停下來過。如果如此，自己真的說得出「不忙碌」的缺點嗎？

店主人遞上了清潔了一半的襯衫：「就像妳帶來的白襯衫上的墨水汙漬看起來格外醒目，也是因為汙漬旁邊的潔白無瑕，突顯了汙漬的顯眼。」

「有對比才更清楚？」

「可以這樣說吧！我在想既然妳每天都忙著生活，卻依然感覺不到這些事物帶給妳的充實，那何不考慮允許生活有一些留白。當妳真的得忙碌起來時，反而可以享受在忙碌裡，感覺到『**真**』的充實。」

「怎麼可能？都空白了，不就沒有東西了嗎？哪有充實可言？」女客人不想被說服。

人一旦帶著自己慣有的視野認識世界，就很難更動，而她活生生的經驗早已告訴她，人得在行動中才算是活著！如果慢下或停下來，就會立刻被超越。她的世界如同《愛麗絲夢遊仙境》故事裡紅心皇后所說的，她得一直往前跑，才能保持在同一個位置；如果想往前進，就必須跑得比現在快兩倍才行。於是她成為那隻帶著懷錶奮力奔跑的白兔，在時光的波浪上奔馳追逐。與其說她是在追逐「夢想」，其實更像是想擺脫被瞧不起的「恐懼」。多年來，她早已習慣踩在高跟鞋上讓「恐懼」推著她狂奔，即使扭傷了腳、磨破了皮，也不能停下來。確實，她越來越難以享受這樣的生活，但那又如何？畢竟誰能保證「不奔跑」的日子才能更好？

店主人對她說的「保留空白，才能享受真實」，真教她無法想像。

店主人起身，走向旁邊的小矮櫃，從櫃上取下個罐子遞給她，「來，打開這個罐子，看看裡面是什麼？」

女客人照做，打開罐子後往裡面看了一眼，「裡面？裡面什麼都沒有啊！Nothing!」

「沒有嗎？妳聞聞看。」

「咦，是咖啡豆的香味耶，好香。Very nice.」

「是啊，早上我把最後一批咖啡豆用完了，妳可以說這個罐子空了，也可以說這個罐子裝滿了咖啡香。**『空』未必真的是空**。我們以為的『空白』，也許也早已被看不見的事物填滿了。」

原來不是沒有東西，只是充滿了「空白」。

突然的體悟，讓女客人陷入思索。人們總習慣以看得到、聽得見、觸手可及的事物做為存在的證明，然而不存在，是否真的是「無」？

腦海裡突然浮現一個畫面，那是她在搬家的前一夜，母親用力塞在她掌心裡，說是從小就為她準備的存摺。那存摺不只骯髒得不可思議，連裡面的出入帳與存下的金額也是少得可憐。明明七、八面的存摺，每面可以記錄二十筆出入帳明細，偏偏母親為她存入的錢，只停在第一面就不再往前了，留下後面大量的空白。一翻兩瞪眼的寒酸，母親怎好意思說，這是從她小時候就開始為她準備的？她不屑地連動都沒動。現在回想起來，那本存簿裡每一筆紀錄都是只存不取，會變得骯髒恐怕也是母親怕被父親發現，而總得貼身藏在圍裙裡的緣故。對那個只能挖東牆補西牆才能度日的母親來說，在存摺裡布滿的「空白」，或許是沒寫下的來自母親努力的愛。

一瞬間，她想起母親在市場裡叫賣的模樣，當攤位上的菜籃全空了，就是母親的笑容最燦爛的時候。那個「空」，是最美的空。她從沒有這樣想過，原來她填補，從不是害怕自己被淘汰，而是怕極了貧窮的滋味，怕極了自己會變得像母親一樣，因為沒有一技之長而無法生存。但她忽略了母親的努力與苦心，說到底都是為了給孩子的愛，而她呢？她的填補，又是為了什麼？持續這樣塞好塞滿的窮忙，到底什麼時候才算夠？何時才能停下來？

女客人眼底浮現一層水氣，她立刻轉過身去，順手抽了張桌上的面紙。

店主人則是持續專注在手上的襯衫，留給她一段安靜的時間。

「老闆，你說的這些聽起來似是而非的，但好像也不是沒有道理。」

店主人微笑著。

「那……然後呢？」女客人接著問。

「然後？沒有然後了……來，妳的襯衫好了，請妳看看。」

「Wow? Amazing! 汗漬沒有了耶。」女客人低頭一看：「哇～老闆真的是巧手，剛剛那麼大片的墨水漬欸。」女客人被店主人的神乎其技馴服了。

「呵呵，其實如果用放大鏡細看，還是看得到陷入纖維裡的汗漬，只是此刻妳看到的，跟妳稍早的記憶相比不一樣了。現在恢復了更潔白的色澤，所以妳覺得它變了，這就是時間為我們留下的證明。而記憶這種事情，也是全憑主觀定見。」

女客人一臉困惑。

「有人說，時間從不存在於現實裡，它是透過記憶而存在的，因為前一刻與後一刻的差別，造成了『**時間感**』。前後記憶的不同，在感受上留下差別，營造出『**時間變化**』。但記憶本來就是一種虛無的印象，如同時間一樣，本來就不是可測得的，也無法真的觀察記錄。所以真實的感受、美好的記憶、充實的時光都得是靠著人們在生活裡一步一步的經營，體驗快慢和變化之間的流動，自我咀嚼而來。」

「在自己的時光裡……體驗記憶變化……」女客人仔細推敲著，「變化啊？什麼是變化呢？」

「感覺妳的生活永遠都在忙碌呢！但當妳都塞滿了，又還能再放入什麼呢？」

「你是想告訴我，我應該slow down一點，該慢下來嗎？」此刻的她，不知不覺已經不太排斥這樣的想法了。

「妳這麼忙碌，其實還是常常不滿意吧？」

「確實是，但越不滿意，我就越覺得是自己安排得不夠多。可是時間明明就有限啊，那我還能怎麼辦呢？」女客人此刻顯得無奈，但是表情卻柔和了起來。

「既然都塞滿了，還是不滿意，那就試試刻意不要忙碌吧，就當作『**忙著放空**』，反正妳也沒什麼好損失的，不是嗎？」

「忙著放空？這想法也太有趣了！」女客人露出笑容，邊說邊收起剛剛的衣服。

人生總是如此，若想獲得更好的情境，就得脫離原本的樣態，一旦願意脫離框架思索，思緒與身心才可能獲得新的安適。或許自己接下來要練習放慢速度，這幾年從來沒有好好休息，也沒好好思索自己忙著工作的意義是什麼。

想到這，女客人更確定了店鋪主人定有什麼過人的經驗，才能說出如此饒富哲學意涵的論點。

「是說，跟老闆你談話還真有趣，你該不會有什麼其他隱藏身分吧？」她越來越確信自己的推測，認定了店主人一定具備某種神秘身分。人類說到底就是容易抱持偏見的物種，一旦認定了自己原先的推測，就會持續以那樣的眼光評斷周遭一切，刪除例外的可能。即使破除了一種偏見，還是會持續增生新的偏見。

「不，我只是個洗衣服的而已！」

「是嗎？」女客人不可置信地笑著，「那我下次再來找你聊天吧！不知道為什麼，今天跟你聊著聊著，我整個人都放鬆了。」

「那我會恭候妳的再度光臨。」

走出店鋪的女客人，看見了剛好牽著「安靜」回來的小如，兩人四目相對時，女客人嘴角輕輕地上揚，朝小如溫柔地笑了一下。心裡想著，或許晚點工作的事情結束後，回家一趟吧？

小如感到不可思議地走進屋內，看著正在收拾器具的店主人，「老闆，你剛剛跟那個女客人發生什麼事了嗎？怎麼她離開的時候整個神情都不一樣了？一臉輕鬆的樣子？」

而面對一臉狐疑的小如，店主人沒有任何回應，只是維持著他慣有的神秘微笑站在櫃檯旁，看著窗外灑落在地上的陽光。不知怎麼地，他腦海裡浮現了「間」這個字的形體。

間，是事物與事物之間的空間，也是當門扉闔起時，一抹日光從細縫穿透而進。

Item 3/

失落包巾

☐可機洗　☑手洗　☐不可水洗

☐可漂白　☑不可漂白

☑可烘乾　☐不可烘乾

☑吊掛晾乾　☐吊掛陰乾

☐平放晾乾　☐平放陰乾

備註：

~~盡量回復原貌。~~

客人決定不送洗
直接帶回

「老闆，早安！」剛拉開復古鐵拉門，院子口就傳來清脆的女聲，洗衣鋪主人頭都不用抬就知道誰來了。在店主人再三堅持下，她已經會客客氣氣地稱他「老闆」，而不是直呼「老高」了。

「早安。今天禮拜六也這麼早？」

穿著白色棉T的小如悠哉地踏進院子。

「沒辦法啊！」女孩噘起嘴，學起最近陪媽媽一起看的清宮劇裡的對白，「喏！奉家母大人懿旨，五百里加急送來的。」

她把手上一盒保鮮盒遞給店主人。

「這是她連夜為你做的家傳菜，還特別交代可以放在冰箱多冰兩天，留點時間好入味，不要急著吃。」自從小如在洗衣鋪忙裡忙外之後，連帶小如的家人也和洗衣鋪熟稔起來。前陣子，小如的母親還委託店主人幫忙把一些陳年衣物整理一番，讓她大感驚喜，「我媽要我謝謝你的幫忙，把舊衣服恢復得跟全新的一樣，她一直嚷著自己省了不少治裝費。」

接過保鮮盒，店主人靦腆微笑。

「其實也沒什麼，雖然是十幾二十年的衣服，但媽媽保持得很好，我只是幫忙把色澤恢復原貌而已。我才要謝謝她，後來介紹了不少客人來。」

「咦？安靜呢？」

小如四處張望，每次來都得逗弄一下那條老狗的，今天卻沒看到身影。

「可能還在後面賴著吧，早上下過雨後，空氣溼黏悶熱，那條好命狗應該還趴在電風扇前享受。」

小如的腦海裡頓時浮現了那隻垂耳老狗，趴在磨石子地板上吹著涼風、慵懶舒爽的模樣。

掛上了「營業中」的掛牌，兩人一同往屋裡走去。

「這麼早來，早餐吃了嗎？幫妳烤一片鬆餅再回去？」

小如還來不及開口歡呼，嘎～綠色紗門便被緩慢拉開。

店主人與女孩同時往門口看去。

「不好意思，請問這裡是洗衣舖嗎？」

一名看似三十多歲的少婦，衣著素雅，提著一只鞋盒大小的紙袋走了進來。

「是的！妳好。請問要洗衣服嗎？」回應的是小如。

「我想洗這個。」少婦從提袋中掏出一只紙盒，小心翼翼地打開，裡面裝的是一件摺疊工整的嬰兒包巾。

店主人望了一眼這件被細心收藏的包巾。鮮少人會特意將嬰兒包巾送到洗衣舖專門清洗，眼前的包巾邊角看來有些微泛黃，上面可愛圖樣的印花也淡了許多，看得出來它曾被長期使用。

「啊，是小 Baby 的東西嗎？好可愛啊！」即使包巾上面的圖樣已經不清晰，但女孩子看到可愛的東西還是忍不住被吸引，露出喜愛的模樣。

眼前的少婦，眼中閃過一絲失落。

店主人注意到她眼神的異樣，趕緊對女孩說，「那個，小如，妳今天也能留下來幫忙對吧？」

她點點頭。

「那就先拜託妳幫忙掃一下院子吧！早上那陣雨，樹上的花苞被打落了滿地。」店主人對小如溫和一笑，以眼神示意。

店鋪待久了，她立刻明白店主人的意思，認真地點點頭，壓抑著好奇心，向外走去，把店鋪內的空間留給洗衣鋪主人與來訪客人。

「那個，請問……」來訪的女客人開了口。

「是，請說。」店主人仔細看，少婦眉心中央黯淡的「川字」皺摺印子清晰。

「我剛剛聽到那女孩子說，這裡可以把東西洗到跟全新的一樣，是嗎？」

店主人帶著微笑，沒有回答。

「這包巾其實是老東西了，但你看這布邊發黃的程度越來越明顯，布料也變得暗沉，有朋友建議我來這裡試試，說這間店好像有魔法一樣，經手的衣服都能恢復成原本的樣貌……我能不能拜託你，也讓它恢復當初的光亮？」

店主人仔細端詳著包巾，「其實，要讓它恢復原本的色澤也不是不可能。」

「真的嗎？」少婦睜大了雙眼，表情發亮，原有的愁容看起來也退去幾分。

「只是……」店主人停頓了一會兒，眼神堅定，對著少婦緩慢地道：「只是……就算這包巾洗得跟全新的一樣，也不會是當初的那樣了吧。」

少婦愣了一下，伸出手，來回撫揉著這包巾，輕輕柔柔的，指尖卻有些顫抖。

「不會是當初的模樣也沒有關係，人生本來就不可能重來的。我只是單純希望再接近一點，只要能再接近一點點就好……」

少婦的眼眶紅了起來。

*

剛結婚時，惟臻和先生是沒打算那麼快生小孩的。她總開玩笑，她要先享受兩人甜蜜的世界，先生眼裡只能寵愛她一個人，如果生了一個小小孩來爭寵，就沒法享受單獨被疼愛的滋味了。但先生是獨子，即使到了二十一世紀的今天，男性得傳宗接代的價值觀依然藏匿於社會期待的溝縫中，獨子的媳婦要「生兒育女」是傳統家庭裡不言而喻的規則，只是現代人會換個說法來包裝這樣的期待，不再強調傳宗接代的意義價值。

「你們現在年輕體力好，要先生小孩。不然到將來想生的時候沒體力，孩子青春期碰上你們更年期，一定更累！」

「帶小孩不是為了防老，是給你們自己一個美好回憶的。」

「哎，你們夫妻倆都長得這麼好看，小孩一定也長得很漂亮的，不生太可惜了！」

「你們新婚，當然不覺得生活無聊，等日子久了，就會無趣了，多個孩子生活會活潑很多啊！」

這些聲音在身邊傳久了，惟臻慢慢也不排斥了。反正要懷孕不是那麼容易的事，哪有可能說懷上就懷上？但老天爺的幽默，就是讓那些辛苦渴望的人，繞上遠路還不一定有結果，而那些滿不在乎的人，卻總是輕而易舉。人人都說懷孕不容易，但惟臻卻說懷上就懷上了！

「要是買樂透也這麼容易中就好了。」握著顯現兩條線的驗孕棒，她對丈夫邊笑邊抱怨。

一切都來得太快也太容易，以至於懷孕的日子裡，惟臻根本沒時間去煩惱適應不適應的問題。各式大大小小的產檢、新手父母預備課程、添購新生兒衣物、嬰兒房的準備……加上夫家娘家都對她呵護備至，她開始慢慢享受起當母親的感覺。

有一個說法是，如果懷孕期間到生產時，沒有經歷太多的身體不適和疼痛，那孩子肯定是來報恩的。惟臻的孩子想必就是來報恩的天使，孕期前期常有的噁心、孕吐，乃至孕婦中後期常見的四肢水腫、抽筋，惟臻都沒經歷過，連生產之前出現產兆到生下孩子之間的過程，也沒折磨太久。

生下孩子那刻，在產房裡，孩子「哇」的一聲，清晰地打在她的耳膜上。當婦產科醫師把才出生沒幾分鐘、柔軟的嬰孩放在她的懷中時，她忍不住哭了。

「他好醜！」惟臻嘴裡一邊嫌棄這張皺巴巴像小老頭兒的臉，一邊任臉上初為人母的感動淚水恣意地流淌。

我是母親了！

那是她第一次清晰的母性自覺。

這麼一個脆弱的生命，此後將和她深深地緊密地綁在一起。

她先生在身旁緊緊摟著她的肩膀，不敢伸手去觸碰這個嬌嫩的小小軀體，只用他像甜不辣粗細般的粗糙拇指抹去她臉上滾下的眼淚。

產後的賀爾蒙全激起惟臻的母性，她在心中暗暗發誓，要用自己全部的氣力去保護這個嬌弱的生命，為他抵擋一切風雨。

那刻起，惟臻不再是天真爛漫的女孩。

新生兒的加入讓惟臻的生活開始忙亂了起來，但她很享受這樣的充實。

「女人還是要有自己的工作，小孩交給保姆帶也沒關係啊。」娘家媽媽再三說服，也改變不了惟臻的堅持。

「我不想生的時候，你們每個人都不停慫恿我，現在我生了，要自己帶小孩，能不能讓我用自己的方式？」

她不顧娘家反對，辭去工作，堅持自己帶孩子。

＊

「老闆，你體會過失去嗎？」

洗衣舖裡的惟臻眼神黯淡，聲音氣若游絲。

「妳說『失去』嗎？雖說不知道跟妳體驗到的能否相比，但每個人的生命中一定都會經歷過沒法永遠留在身邊的關係吧。」店主人的聲音沉著中帶著磁性，說服力極高，讓少婦一度以為他也經歷過相同的經驗。

「所以你也有小孩嗎？」她忍不住好奇。

「我沒有，不好意思。」

「那你怎麼能明白我說的失去呢？」惟臻變得不滿。

「嗯，確實，世界上不會有兩個人的感受是一模一樣的。我的經驗不能代表妳的經驗。」

店主人環顧四周道。

「但有時想想，我也常覺得，在這店裡的每一樣東西，其實也算是來來去去吧。」

「不是不是，這才不一樣！你這裡的東西都是客人寄放，都是暫存在你這裡！我說的是本來就屬於你的，結果卻……卻就這麼活生生地離開了。你明白那種失去的感覺嗎？」

惟臻的音量提高了，聲音裡透露出壓抑的憤怒，連在外頭拿著掃帚的小如也停下了動作，隔著窗戶向內探了探。

「啊，是啊，真的不一樣。如果原本以為可以跟著一輩子的東西，突然不在了，那想必是很痛苦的。」店主人語氣輕柔而穩定。

「不只是痛苦！而是一種錐心刺骨的痛。」

原本在眼眶打轉的淚滴，瞬間啪嗒啪嗒往下掉。

痛苦總是主觀的，每個人的傷痛都是個人獨有的體悟，沒有人有資格去告訴另一個人，自己全然明白對方的傷痛。

店主人不語，只是等待。

直到惟臻緩緩開口，「老闆，你說你沒有小孩對吧？那你算是幸運的，因為這樣你就不會經歷親手送走骨肉的那種疼痛。」

她捏著包巾的手，捏著更緊了。

「每個人都有自己的故事，有自己的難處，也都不容易。但妳如果願意，我願意聽一聽這包巾的故事。」

對於店主人的邀請，惟臻意外地沒有感到抗拒。

「這間店的任務，就是聆聽每一件衣物本身的故事，妳可以自己決定是否告訴我。但我也只能聽妳說，恐怕沒法為妳做點什麼。」

*

找到這條白底藍色滾邊的嬰兒包巾的時候，惟臻開心極了，可愛的森林系圖案，溫暖富有色彩。包巾的六層純棉紗布織材質，不只包覆性好，透氣性也極佳。即便價位高了一些，惟臻也毫不猶豫立刻就買了下來。做父母的，沒有不想把最好的都給孩子。

孩子也愛極了這條包巾，就算慢慢長大不當包巾使用了，還是不離身，到哪裡都要捏著這包巾的一角。大塊方型包巾變成孩子入睡時的重要東西，不論是午睡還是晚上，摸不到包巾，小孩就哭鬧不休。

「哎呀，看妳把這孩子寵成這樣，怎麼沒有這條包巾就不睡？」惟臻母親偶爾來幫忙帶孩子，每次孩子找不到包巾就難哄睡，就會忍不住抱怨女兒的教養方式。但她不以為意，甚至暗暗竊喜，覺得那是孩子深愛媽媽的證明，才會只愛媽媽給他的東西。母子之間的羈絆，即使是家人也不足道。

但之後，惟臻家裡掀起了翻天覆地的巨變。一開始是孩子時不時抱怨身體疼痛，但孩子年紀小，表達能力尚未成熟、語意模糊，大人難免容易漏接關鍵的訊息。直到小孩反覆發燒，看了好幾次醫生後，才驚覺大事不妙。

惟臻從沒想過才三歲不到的身體，燒起來可以這樣地驚人，摟抱著他都覺得燙手。全心照顧小孩的惟臻也越來越焦急不安，直到醫生正式確定了診斷。

「神經母細胞腫瘤」。

對惟臻來說那是她人生當中所聽過最殘忍狠毒的詛咒。

這種專門攻擊幼小孩童的癌細胞，有九成以上會在五歲以前被診斷出來。沒有人知道為何會得到這樣的疾病，只知道那是在孕期期間，在胚胎發育過程中產生突變所發生的先天性疾病，而多數的孩子，在症狀出現前，癌細胞就已經轉移了。

此後的兩年，惟臻生活裡伴隨的是孩子被癌細胞攻擊時的痛楚與化療時的哭泣。生病的小小孩，也不是每天哭鬧的。在連續高張力的療程後，身心疲憊沉沉睡去，那是惟臻僅有的安寧片刻。

當孩子睡了，剩下的是夫妻倆對彼此逐漸高漲的怨懟。該為孩子採取什麼治療？生活起居如何規劃？收入與支出要怎麼平衡？即使癌細胞來得又急又猛，抵抗疾病的歷程，卻是緩慢且艱辛的戰役。

每每回想起那幾年的經歷，惟臻也不知道自己是怎麼撐下去的。

站在病房外反覆深呼吸，彷彿灌進鉛的雙腳越發沉重，不敢往裡走的情緒一次比一次壓迫。推開病房大門的手，也一次比一次無力。

抽骨髓的時候，巨大的鋼針就這麼刺進了小孩嬌嫩的背，惟臻每回都撇開眼神，不忍心直視。消毒水與眼淚的氣味攪和在一起，是生為母親卻無助無力的氣味。眾人都對她說，母親要夠勇敢，孩子才能堅強，但癌細胞吃掉的不只是孩子的生命力，還有惟臻的勇氣。

在面對生命的辛苦，有時小孩反而能展現出大人做不到的勇氣。好幾次看見媽媽掉眼淚，孩子小小的手撫在媽媽的臉上，眼神無邪地說：「媽媽我會乖乖聽醫生的話，妳不要哭了喔。」明明該是大人安慰孩子，卻反被孩子安慰了。

病程時好時壞的狀況，讓惟臻越來越無力也無助。孩子接受化療的期間，抵抗力格外脆弱，三天兩頭小孩的身體就會被各式各樣奇怪的病毒細菌感染，小孩成了加護病房的常客。

加護病房病童，父母每天僅能在有限的探視時間進到加護病房。每當惟臻準備離去，孩子淒厲的哭泣聲狠狠地打在她心上，小孩以為是自己不夠乖才會被留在病院，淒厲地在背後喊著：「媽媽不要走！我會乖！」

即使每次努力跟孩子解釋，不是他不夠好才生病，但才三歲大的孩子怎麼會懂呢？

不只孩子不懂，大人也不懂啊。孩子的病情越複雜，惟臻丈夫就越晚歸，名義上是工作忙碌，事實上是他無法面對夾雜在生病的孩子、焦慮的妻子，和為了治療需求的龐大經濟壓力。他不懂自己是不是做錯了什麼，才會生了孩子後，整個人生都變了樣。他甚至懷疑自己，當初順著長輩的心意鼓吹惟臻懷孕，是不是做錯了？

「不如，我們再生一個孩子好了！」某次夜裡，他半試探地以開玩笑的口吻問了惟臻，卻換來夫妻倆更嚴重的爭執。惟臻不明白丈夫怎麼還有心情開這樣的玩笑？難道一個孩子還不夠苦？怎麼可以把「生一個孩子」講得像是「養一隻寵物」一樣輕率隨便？先生也覺得委屈，自己想改善家中氣氛的心意也被糟蹋誤會了。

癌細胞不只折磨孩子全身上下，也啃噬兩夫妻之間的情感。兩人直接對話的機會越來越少，透過手機文字訊息，像是例行公事一樣的交辦事項，越來越嗅不到愛的氣息，更多的是藏在字裡行間的責備和怨懟。但當生活中有名正言順的其他理由需要忙碌，誰還會額外花心力維繫情感呢？他們就這樣放著情感，誰也沒意識到這樣的放置，等同是將婚姻推向截止日期。

人們總誤會婚姻的本質，稱它是愛的墳墓，但殺死愛的從來就不是婚姻，是不再願意對彼此關注，不願再聆聽對方的心。

惟臻與丈夫間的關係慢慢逼近最終的保存期限，如同他們的孩子的壽命。而正因孩子都是上天恩賜給父母的禮物，孩子留在父母身邊的期限，也只有上天才能決定。

一直找不到恰當的骨髓配對，癌細胞除去又再生，轉移的速度如同失速的列車。對父母來說，比消極守護孩子的性命更悲傷的，是得去直視孩子的死去。

最終，上天收走了這個來報恩的孩子。

受盡折磨的生命捱到了終點，也許是好事。惟臻努力地說服自己，然而她也不確定自己是否真心這樣相信。

傳統習俗上，父母替子女治喪，被稱為「反服」，指父母親反過來替子女服喪的意思。因為白髮人送黑髮人被視為違反倫理，過世的子女也因此被看作不孝順。但惟臻不願孩子做天使的時候感到孤單，堅持用自己的方式送走孩子。站在火化塔外等待時，腫成核桃似的雙眼，已經流不出任何一滴眼淚了。

他們都說儀式圓滿完成了，但真的有圓滿嗎？孩子經歷了這極為短暫的一生，究竟代表什麼？夜深人靜時，反芻式的罪咎感，是另一種癌細胞。

離去的孩子，化為天使了嗎？

是不是我從來沒有想要生小孩，所以老天爺才會這麼快帶走這個孩子？

他會不會埋怨媽媽沒有生一個好的身體給他？

埋怨她最終即使力排眾議送他最後一程，卻在生前讓他在醫院病床上，留下許多孤單無助的夜晚？

癌細胞也在惟臻腦海裡增生、擴散、消除，再擴散、再消除。

明知這都是沒有意義的自我攻擊，但除了自我攻擊，惟臻什麼都做不到。

即使全世界都告訴她，不是她的錯，她依然不打算放過自己。

因為只有持續想念與哀傷，才能證明孩子曾經活過。

只有持續的自我攻擊，才能懲罰生為母親卻無法陪孩子長大的罪惡。

「讓老闆聽我說又如何呢？你什麼都不能做，我又何必說這些？」惟臻搖搖頭，拒絕了店主人。

面對憂傷，聆聽與陪伴往往是解答。但眼前，她無法接受任何安撫。

＊

洗衣舖裡陷入安靜，不久店主人打破了沉默。

「那麼，太太要送洗的這件包巾，下週過來拿可以嗎？」店主人從桌上的筆筒拿出筆，準備開立衣物送洗單據。

「啊，這筆沒水了！」他在紙上來回畫了好幾下，墨水卻出不來。「嗯，看來它的任務完成了，真可惜啊，明明前幾天才買的。」店主人像是在自言自語。

「果然，就算是一樣的筆，留在我這舖子裡的期程也各自不同啊。」

「老闆，你在說什麼？」

「喔，我在說我手上這支筆呢！我原本以為可以用它用得久一點，沒想到還是得這麼快就跟它道別。」

「你用相遇與道別的方式來看待這間鋪子嗎？」惟臻一臉不以為然。朋友有告訴她這間店的店主人有些怪，沒想到是真的。

「這裡的每一件物品，都有各自的任務與使命，每當使命完成了，它們就會離開。」

「離開去了哪裡？」

「我也不知道，但我當作是**它們的任務結束了，所以不會繼續讓我陪它們了**。」

「讓你陪它們？」

「是啊，萬物終有時。生命也是，就像外面那棵藍花楹，」店主人指了指窗外那株被串串紫藍色花朵覆蓋的樹，「明明昨天還開得盛滿，今早一陣雨，就打落了不少。這些花草植物如同帶著使命與任務來到我的鋪子，點綴這個世界。盛開的時候，從窗內看出去，真的很美。我原本也期望彼此相處陪伴的時間長一點，但雨說來就來。很多時候，這些生命的陪伴都不是我能決定的。」

「生命也是？老闆是用這樣的眼光在看待生與死的？」惟臻眼神顯得狐

疑，有些防備。

「或許世上的每種物質、每種生命，甚至每個人都是帶著使命來到這世界的，一旦他們的任務完成，就會離開原本的地方，離開原本的人。這不是失去，而是完成任務而已。所有的離開，或許都是因為他或它的任務已盡。**人生各自有時，只是我們有幸在中間相遇。**」

「老闆，你想說什麼？」惟臻的胸口像是被人踩了一腳，一股情緒堵著胸口。

「不，我沒有什麼意思，只是在想，或許這包巾的主人，也是完成他的任務了。而在完成之前，你們彼此陪伴走了一段。」

此話一出，撞破了惟臻胸口那面原本堵得緊實的牆。她雙手緊緊握著包巾，闔上眼，忍不住放聲哭了起來。

窗外藍花楹的紫，透過光線，室內多了分幽藍。

店主人不語，任由她哭著。

「那我呢？我為什麼被留下來？這又算什麼？為什麼這麼不公平，把我留在原地，只能被迫接受？」惟臻低聲嘶吼，豆大的眼淚從惟臻眼裡不停湧出，那是情緒的出口。

許久，店鋪內的哭泣聲慢慢緩和了下來。

「老闆，你知道嗎？這是我第一次像這樣在外放聲大哭。」

習俗裡，要求留下的人不可以為已逝的孩子過度傷心，不能哭泣，不然孩子會走得不安心。於是她只能躲起來，在棉被裡、在浴室裡，在所有人看不到聽不到的地方為自己的失去哀傷，為孩子的離去哀傷。但為什麼連為自己孩子哭都不行？

「嗯，我想那真的很不容易，可是傷心的時候，情緒能盡情釋放，也是很重要的。」

「你剛剛說，生命或許也是種任務，是嗎？如果是任務，那這個孩子當初的任務是什麼呢？」

「對不起，我沒有孩子，沒辦法回答這個問題。但親情之間的任務，都得由當事人以自己的經驗去體悟吧。」

少婦茫然看著窗外。

藍花楹樹在光線下顯得柔和，成串的花朵，在微風中飄啊飄的。

惟臻眼前浮現孩子稚嫩的臉，化療後掉光的頭髮，在僅有少數幾個微笑的瞬間，看起來像個小小菩薩。

「到底生養小孩的意義是什麼？這麼突然地離開又是為什麼？」這個問題，惟臻心裡早已想過千百回，卻從沒有答案。

「這大概是所有父母的困惑，但我猜想，不論是什麼令他曾經停留，他也已經完成了屬於他的任務，而我們其他人還沒離開，是因為我們的任務得花上更長的時間才能完成。」

她再次緊捏手上的包巾。「這不是很不公平嗎?!他來了，然後又走了。」

「不公平嗎？嗯，從被留下來的人的角度來看，似乎已經離開的人比較輕鬆，真的很不公平啊！」

「那我怎麼辦？」

「這就考倒我了，我也只是個洗衣服的，恐怕沒法回答。不過，這本書上的這句話，不知道是不是能為妳解答？」

店主人拾起放置在一旁讀到一半的書，推向惟臻。

她的眼光落在龍應台《目送》書封上的這段文字，輕輕地跟著念了起來：

「所謂父女母子一場，只不過意味著，你和他的緣分就是今生今世不斷地在目送他的背影漸行漸遠。你站立在小路的這一端，看著他逐漸消失在小路轉彎的地方，而且，他用背影默默告訴你：不必追。」

惟臻的眼淚又撲簌簌地落下。

「你的意思是要我不要再糾結嗎？你們每個人都這樣說，說孩子走了，我就該讓他離開。你們沒有人能明白身為母親，卻要接受孩子的生命比自己短，這……這……有多痛。」

「是，妳是他的母親，本來就有資格感覺到痛。很多情感與思念，即使沒法說出口，也不可能說放下就放下。」

「除了痛呢？我還可以做什麼？」

「好好道別。」

「好好道別？」

「**人生最大的遺憾，不是分別，而是沒能好好道別**。縱使有很多無奈與不可為，面對分別，我們只能決定自己的道別方式。我相信，幸福的人，是有機會好好道別的人。」

「這……」

「生命的主人不是我們，但包巾的主人是妳，不是嗎？它的任務何時才算完成？要用何種方式與它道別，妳可以自己決定。」

惟臻微微錯愕，帶著一抹苦笑。

「或許你說的也對，我只能為我能做的事做決定。」

兩人同時望向眼前的包巾，不語。

「嗯，老闆，我這包巾是不是乾脆不送洗了？」

「這是妳的物品，可以由妳自己決定。」店主人投以肯定的眼神。

「那我再想想好了，就像你說的，就算洗好了，也不可能回復原本的樣子了，不是嗎？」

「是的，就算洗得跟全新的一樣，它也不會跟當初一模一樣了。」

「介紹我來的朋友跟我說，這間洗衣鋪的老闆很妙，有生意，卻不一定會做。」

店主人沒回應，抿著嘴，深邃的眼裡流露一道淡淡的微笑。

「嗯，你果真很奇怪。」惟臻一邊說，一邊將包巾收拾回紙盒內，再放回提袋。

步出店家前，正要推開木門的她突然又停下步伐，轉身回頭，對站在櫃檯旁的店主人說，「老闆謝謝你，下次我會帶真正還沒完成任務的物品來給你洗的。」

「那我會在這裡靜候妳的光臨。」櫃前的店鋪主人，爽朗誠摯地回應。

店裡，目送著惟臻離開的店主人，一陣聲音在心中浮現，藍花楹的花語是「在絕望中等待」……

Item 4/

道別背包 暫不清洗

□可機洗 □手洗 □不可水洗

□可漂白 □不可漂白

□可烘乾 □不可烘乾

□吊掛晾乾 □吊掛陰乾

□平放晾乾 □平放陰乾

備註：

單邊背帶斷裂，
教阿昇縫補。

小男孩緊緊揑著媽媽的手，踏出車門。大人用的後背包不成比例地壓在他的肩上，沉甸甸的。出門前媽媽其實說了：「東西沒帶完全也沒關係，反正再買就好了！」但他知道媽媽常常忘記自己說過的話，就努力地把所有想得到的家當全都塞進去了。

黑色的大轎車開不進窄巷，開車的男人要他們母子倆在巷口下車自己走進去，自己則是在車裡自以為帥氣地抽起菸來。小男孩討厭菸味，慶幸自己可以趕快下車逃離那嘔人的氣味。

媽媽今天很急躁，步伐又大又快，高跟鞋咚咚咚地敲在柏油路上，像規律又急促的戰鼓。小男孩得三步併作兩步才能跟上媽媽，幾乎是小跑步的速度。從巷口到巷尾才不過幾十公尺不到的距離，對幼小的他來說，已經有點喘了。

他和媽媽來到巷子底，站在一棟三層樓的住宅前，灰白色的洗石子外牆，是不論任何時代都耐看的建築外觀。男孩握著媽媽的手，忍不住揑得更緊，大手小手互扣的力道相比之下，那隻大手比較像是被動地被捏緊而已，癱軟無力地一點力氣也沒使。

踏進院子前，迎面而來一位笑容可掬的中年婦人。

男孩身體微微一緊，抬頭看了媽媽一眼。

媽媽笑得燦爛，鬆開男孩捏緊她的手，熱切地向婦人擁去。

「小阿姨！好久不見了，怎麼都沒變啊！」

身旁的男孩皺著眉頭，他聽出這通常是媽媽有求於人時虛偽的音調。

「哎呦，妳這女孩子怎麼當媽媽了，講話還是這麼誇張啦？我哪裡沒什麼變？是妳才不像是當媽媽的人吧？比做小姐的時侯更年輕啊。」

婦人的稱讚讓媽媽笑得花枝亂顫。男孩知道媽媽是真的被哄笑了，每次只要有人稱讚她彷彿沒生過小孩或是跟單身一樣，她就會特別開心。

男孩知道媽媽沒有不喜歡他，她只是更喜歡單身的感覺而已。媽媽沒牽著他的時候，他學會要自己揪緊媽媽的衣角。他往媽媽的身邊靠過去，提醒媽媽自己的存在。

「你好啊！你是顗昇對嗎？」婦人蹲了下來，跟男孩的眼睛平視。她笑瞇瞇的時候，眼睛彎彎地像月亮一樣，讓他想起幼兒園的園長媽媽。她身上傳來一股香味，像是一種剛洗好的衣物那樣簡單肥皂的味道，小男孩很喜歡，跟媽媽的香水味都不一樣。媽媽每次為了遮掩身邊叔叔的香菸味，香水越噴越重，他其實一點都不喜歡。

他點點頭，思索著要怎麼稱呼眼前的婦人。

「阿……阿嬸好。」

一句「阿嬸好」引來媽媽的訕笑聲。

「怎麼會是叫阿嬸啊？她是媽媽的小阿姨欸。」

男孩有些羞愧，漲紅了臉。討厭媽媽這樣笑他，但又不能說，只好低著頭望著地上的石階，從縫隙裡生出來的小野花。

他不懂為什麼大人要稱這些白色的小花是野花或雜草？白的花瓣包覆著亮黃色，看起來像短絨毛的花心，明明很可愛，為什麼要討厭它們？是不是因為它們長在不受歡迎的地方，才會被說是野花？

他發現大人們總愛把自己不喜歡的東西貼上不好聽的標籤。有一次媽媽喝醉了，迷糊間跟著身旁的叔叔，也對著他叫「野小孩」、「小雜種」，他聽不太懂是什麼意思，但很不喜歡那種感覺。每次只要有叔叔跟媽媽一起回來的時候，媽媽都會像是變了一個人一樣，一臉嫌惡地對著他。這時候，他只要趕快躲到櫃子裡，趕快睡著就好了；這時候，客廳和房間都不是他該待的地方，櫃子才是。他的身體很小，把自己塞在櫃子裡的時候，被媽媽滿滿的衣服包覆著，會讓他感到很溫暖。

這裡也會有那樣的櫃子讓他待嗎？他忍不住偷看了一下屋子裡。這個房子好大，跟媽媽一起住的公寓不太一樣。說不定櫃子會大一點，這樣如果他長大，身體變大了也不用怕了。他想著。

婦人沒有跟著媽媽一起笑他，只是慢慢伸出手來，輕輕地在他頭上摸一下，「顗昇好有禮貌啊，會主動打招呼呢！不過我是你媽媽的阿姨，不能叫阿嬸喔。」

「那……那要叫什麼？」

「叫姨婆喔……不然……」婦人停頓一下想了想又說：「簡單一點，叫阿嬤好不好？」

他點點頭，澀澀地開了口：「阿……阿嬤好。」

「好乖！」阿嬤牽著阿昇的手，「媽媽不在這幾天，你就跟阿嬤住喔。阿嬤沒有小孩，你媽媽就像我的小孩，你也是我的孫子，阿嬤就叫你阿昇喔。」

顗昇看著眼前自稱阿嬤的婦人，不知道怎麼地，他有點喜歡她，也很想相信她。至少這個阿嬤說話的時候，聲音軟軟慢慢的，跟媽媽又細又尖的音調不一樣。

但他可以喜歡她嗎？他不確定。

媽媽說過，不可以隨便喜歡上一個剛認識的人，不然會很辛苦。

只要那陣子常跟媽媽一起回家的叔叔不再出現，媽媽的脾氣就會變得很差，會自己一個人喝得醉醺醺的回家，把他從床上搖醒，抱著他哭，告誡他長大後不要隨便喜歡上一個人。又有時候，媽媽會對他生氣，說都是他害叔叔不想再跟她回家。他不懂自己從沒有惹過那些叔叔們，為什麼他們要討厭他？

或許，大人要討厭一個人的時候，是不用理由的。

「小阿姨……」顗昇的媽媽岔開了他們的對話，眼神飄移不定地看著姨婆，喔不，是阿嬤。顗昇知道那是媽媽有事情不想讓他知道的時候，就會出現的表情。

「好，你等等。」阿嬤向顗昇的媽媽點點頭，接著轉過頭對房子的方向喊去：「老頭！他們來了！」

一個身穿短袖白襯衫，兩鬢灰白的男子，從屋內推開木紗門走了出來。

「阿昇，來！這是你媽媽的小姨丈，你叫他阿公就好了。」

「阿公。」他眼睛古溜地轉著，順著阿嬤的意思對眼前的陌生人打招呼。面對陌生男性，阿昇一貫會比較防備緊張，但他沒有表現出來，他想他可以相信阿嬤。

「老頭，你先幫我帶阿昇進去好嗎？」

男人點點頭，彎下腰來想牽他。

「阿昇乖，來，阿公帶你進去裡面好不好？你阿嬤早上去市場買了好多糖果餅乾喔，都是日本進口的，很高級喔。」

顗昇把手藏在後背與後背包之間的縫隙，拒絕讓男人牽他，用力搖搖頭。他的眼睛直盯著媽媽，不想媽媽離開自己的視線，手卻很直覺地在下一刻緊捉了阿嬤的衣角。

「那……」阿公愣了一下，呆呆地看著妻子，不知如何是好。他沒想到有小孩會拒絕糖果餅乾的誘惑。

「沒關係！不想吃不用吃喔。」阿嬤發現了顗昇的緊張，笑容可掬地牽起顗昇的小手，交給在一旁發愣的丈夫，「阿嬤跟你說，阿嬤和阿公養了一對白文鳥，小小的很可愛喔。就在旁邊，阿公帶你去看好不好？還可以看看可愛的小鳥洗澡喔。」

聽到小鳥會洗澡，小孩的好奇心忍不住被勾了起來，順著阿嬤的手指方向看去，鳥籠也在院子裡的另一側而已，不用進屋去，應該可以吧。他鼓起勇氣，握著阿公伸出的食指，往鳥籠的方向走去，走的時候還再三回頭確認媽媽跟阿嬤的位置。直到走到鳥籠邊，阿公取下鳥籠放在顗昇眼前，他才被深深地吸引了注意。

顗昇的媽媽看到孩子漸漸卸下心防，鬆了一口氣，趕緊拉著自己的小阿姨交代了起來。

「小阿姨，我不在臺灣的時候，這小鬼就麻煩妳了。」

「沒有問題啊，妳的小孩就是我的家人。只是妳有計畫去多久嗎？有跟孩子解釋？」阿嬤順勢多看了顗昇一下，忍不住心疼起來。以一個六歲男孩來說，他已經表現得非常成熟懂事，知道自己即將要在初次見面的人家中待著，也不哭不鬧的。

「有啦！有啦！我有跟他說我在那邊安頓好就來接他。」顗昇的媽媽煩躁起來。

「那妳要安頓多久？我怕孩子問起來，我不好回答。」

「我也不知道多久啊，也要先看他那邊的家人的意思嘛。」

「妳自己的事情阿姨已經管不到了，但是沒有個大概的時間，阿昇年紀這麼小，心如果一直懸著也不好吧……」

叭！叭！叭！叭！

倏地，震耳欲聾的喇叭聲突然從巷口傳來，先是短促的三聲，最後再接著一整串長音，整整維持了將近三秒鐘。阿嬤話都沒說完，就直接被打斷。

「啊！小阿姨，我該走了。他在催我了！」聽見催促的喇叭聲，顗昇媽媽急急忙忙地把手上的提袋硬塞到婦人手上。「好了，好了，阿姨，小孩就交給你們了。」不等回應，三步併作兩步地跑出庭院。

「欸、欸！」留下阿嬤在原地一臉錯愕。

原本在一旁欣賞文鳥的顗昇，突然注意到大人倉卒的動作，意識到媽媽的離去，急忙甩開阿公的手，拔腿就跟著往巷子衝去。

「媽媽！媽媽！」他的兩隻小腳在媽媽後面狂奔追逐，一路從巷子尾想追上媽媽的腳步。

「媽媽！妳什麼時候回來接我？」他大吼。

今天的媽媽步伐怎麼那麼快，他也追得比平時還努力，身上的背包太沉太重，拖慢了他的腳步。

「媽媽，妳到底什麼時候會回來接我？」他持續用力地跑，聲嘶力竭地大吼。一時沒注意到地面上凸起的水溝蓋，顗昇被絆跌在地，後背包的背帶也應聲斷裂，他顧不得那麼多，爬起來就是繼續追，一心只想追到媽媽。而媽媽還是沒有回頭，她加緊了腳步直奔巷口，那輛原本載他們來的黑色大轎車停在路旁，已經發動了。

顗昇眼看終於追上媽媽了，用力伸出手，捉住媽媽的衣角，但媽媽硬是一根根地掰開了他緊緊捏住的手指頭，不看他一眼，推開他，伸手開了車門就坐上去。

媽媽砰一聲，甩上車門。

上車後，媽媽連看他一眼也沒有，車子就在他眼前揚長而去。

隔著車窗，男孩看見媽媽笑得好開心，他沒見過媽媽那樣放鬆自在的表情。

男孩的淚珠開始一顆顆滑落，他很想堅強，但是與母親分開的失落，對一個六歲大的孩子來說，實在太沉重了。

沒多久，阿嬤踩著拖鞋追了上來，氣喘吁吁，手裡拎著顗昇方才落在柏油路上的後背包。

她蹲在小男孩身旁，一手搭著他，生怕孩子也跑了。

「阿嬤，妳太慢了，媽媽的車子已經走了。」男孩說。

順著顗昇的目光看出去，哪裡還見到什麼車子呢？早就不見蹤影了。

「你不用擔心！媽媽只是暫時跟你分開，她一定會回來接你的。」她安慰著那個害怕擔心，卻又強忍情緒的小小身影。

顗昇不想被別人看見自己的眼淚，用手背在眼皮上用力來回抹了好幾下，吸了吸鼻子。

「媽媽她沒有說再見。」

「沒有說再見？」

「我沒有擔心，我知道媽媽一定會回來。只是，她忘記跟我說再見了。媽媽答應過我，不管她去哪裡，出發前一定會好好跟我說再見的，但她這次沒有。」

男孩頂著紅通通的鼻頭，一臉執拗。阿嬤則是緊緊摟了一下他的肩膀。

嗯，想必是個堅強的孩子呢。

她蹲在顗昇眼前，兩眼直視他清澈明亮的雙眼，「媽媽忘記說『再見』了，是嗎？」

男孩點點頭，眼眶又泛出淚來，他立刻用力閉了閉眼睛，以為這樣就能假裝自己沒有哭，卻不小心讓淚珠滑落得更快。才想趕快抹掉自己的眼淚，阿嬤就以拇指緊貼小男孩稚嫩的臉龐，輕輕替他抹去，「沒關係！阿昇可以掉眼淚！**眼淚是你想念媽媽的證明，表示你很愛媽媽**，所以捨不得跟媽媽分開啊，對不對？」

聽到阿嬤溫柔的話語，他再也克制不住情緒，趴在阿嬤胸前，嘩啦地大哭了起來。

「現在看不到媽媽，只是暫時的。媽媽準備好就回來接你了喔。」

「嗚……嗚……嗚……」

「可以傷心一下下沒關係，阿嬤跟阿公都會陪你。」

「嗚……嗚……嗚……」

「慢慢來，阿嬤等你。」

過了一會兒，男孩離開阿嬤的胸前，臉上的鼻涕、眼淚全混在一塊。

「阿嬤，我沒有傷心，我只是想跟媽媽說再見而已，我知道媽媽一定會回來，因為她把她的背包借給我，她要回來跟我拿。」他抽抽搭搭地為自己解釋，想維護一點點屬於小小孩子單純的體面。他離開阿嬤的懷裡，伸手從阿嬤手上拿回背包，見上面其中一條的背帶斷了，他啜泣得更猛烈了，不想被看見自己的難堪，直接將臉埋進後背包上。

「我知道！我知道！阿昇只是想跟媽媽說再見而已。」她摟緊了男孩，一隻手在他的背後上下撫慰著，替他順順氣。

「嗯。」

「那你在心裡自己跟媽媽說再見好嗎？把你想說的話，都在心裡說一次，媽媽會聽到的。」

「會嗎？媽媽真的會聽到嗎？車子已經跑了，他們要去坐飛機了。」聽到媽媽會聽到他心中的話語，覬昇頓時停住了哭泣，抬頭直盯著阿嬤，用力吸著鼻子，帶著濃濃鼻塞的語調，更顯稚氣。

「會！所謂母子連心，阿嬤相信會的。媽媽如果有打電話回來，你也可以自己親口再跟媽媽好好說一次，好嗎？」

「嗯！」顗昇用力點點頭，他相信阿嬤不會騙他。

閉上眼，把剛剛所有來不及說的話，都在心裡說一遍。阿嬤也只是靜靜地在一旁等著，直到那雙大眼再次睜開。

「阿嬤，我說好了。」

「說好了嗎？」

「嗯，好了！」他用力地點點頭，像是一個儀式、一個證明。

顗昇和阿嬤同時堆起了笑容，接著阿嬤起身，牽起男孩的手，領著他慢慢往巷子內走去。

「阿昇啊，你背包斷了，回去阿嬤幫你縫一下喔。」

「不要！阿嬤妳教我怎麼縫就好，我自己來。」

「可是你看它變得髒髒的，不然縫好阿嬤幫你洗乾淨了！」

「不要！」小小的臉龐固執起來，倒顯露出大人的成熟與堅定氣質。「阿嬤妳不能洗它！」對顗昇來說，這是媽媽親手借給他的物品，媽媽離去便代表這是唯一與媽媽的連結，更何況，上面還沾有媽媽濃烈的香水味，洗了就沒了。嗅覺是人類最古老的原始感官知覺之一，氣味能與深沉情緒反應連結，即使過去男孩總覺得媽媽的香水味濃郁刺鼻，但卻是此刻唯一能喚起他與母親記憶相關的刺激。當然，年紀還小的顗昇並不明白，他只知道聞到這個氣味，代表母親沒有走遠，此刻起，他對母親的思念已和這個氣味形成了依附。

「好吧！好吧！阿嬤不洗，然後回去我再教你怎麼縫背帶，好嗎？」

對話持續著，直到巷口再也看不到兩人的背影，祖孫倆在夕陽照射下拉長了的影子，也慢慢消失。

Item 5/

自信提包

☑可機洗　☐手洗　☐不可水洗

☐可漂白　☑不可漂白

☑可烘乾　☐不可烘乾

☐吊掛晾乾　☐吊掛陰乾

☑平放晾乾　☐平放陰乾

備註：

聚酯纖維，可用高溫蒸氣清洗霉斑。

老闆我借走書櫃第三排左邊第二本書了

這城市總是這樣，每到陰雨綿延的日子，空氣中便彌漫著溼黏的鬱悶氣息。屋外的風吹得很輕，屋內悶熱得令人昏沉，老狗與女孩各自趴在磨石地板與木桌上，一臉了無生氣的模樣。

「啊～好無聊啊！」小如邊喊邊偷看店主人的反應。

木椅上，店主人小啜了一口手上的咖啡，專注著閱讀。

「啊～好熱啊！老闆，你怎麼不開冷氣?!」見店主人不搭理，她繼續抱怨。

「老話一句，心靜自然涼。真的覺得熱，就回家去，別老是待在我這裡，我又沒薪水給妳。」

小如心有不甘地走到老狗旁，蹲下來試圖逗弄牠。

「我說安靜啊，你的主人真的很奇怪，天氣這麼熱，還有辦法喝熱咖啡。也不開冷氣給你吹，你好可憐啊。」

癱懶在地上的安靜，也只是斜睨了她一眼，慵懶地對著電扇打了個大哈欠，無意加入人類的戰局。

屋外淅瀝瀝的雨，好似可以聽見雨滴打在葉片上，摩擦聲沙沙作響。

「請問……」一名二十多歲的年輕男子拉開木門。「這裡是洗衣舖……對嗎？」

「歡迎光臨，請問有衣服要洗嗎？」聽到聲音，小如立刻起身回應。

眼前的男子，戴著近來頗受年輕人喜歡的大圓框黑邊眼鏡，但眼鏡卻跟他的臉型不太搭配，圓潤的臉頰和寬大的下巴更被突顯出來，形狀好像御飯糰，又像是某個很熟悉的人，但小如一時說不上來。

「請問……這是不是發霉了？可以清嗎？」眼鏡男拿出一個灰色四方形的提包。

原先坐在書櫃前的店主人這時已站在櫃檯，接過提袋。這是個適合年輕人使用的筆電提包，深灰色素面，右下角壓有兩道一公分寬的螢光橘線條，時尚感十足。

「這是家人送我的，我一直很珍惜，最近雨下個不停，今早發現它好像發霉了。」男子翻開筆電提包的外側，手指著幾處灰白色的小區塊。

店主人點點頭，「嗯，看起來是發霉沒錯，可以幫你處理。」

「會很麻煩嗎？」眼鏡男有些不安。

店主人低著頭仔細端詳了一下男子遞給他的提包，是聚酯纖維的材質，耐熱性高，用高溫蒸氣仔細處理的話，應該是可以好好去除掉霉根。

「現在可以處理嗎？會很久嗎？」男子又問了一次。

「你很急嗎？」店主人不疾不徐地看著客人。

「這……其實也不急，只是想說如果不用很久，我看能不能在這裡等。」

不知是眼鏡男生性緊張還是室內太過悶熱，他伸手來回搓搓額頭，掛在他飽滿額頭上的汗珠也跟著被抹掉了。

「其實是朋友介紹我來的，他說把東西送來在這裡洗時，老闆不介意客人在旁邊等著。」擔心店家覺得他像是怪人，趕快再為自己多解釋了兩句。

年輕的男客人不太確定自己是不是跑錯地方了？在這麼隱密的巷子裡，竟然有間洗衣鋪？要不是朋友推薦，他鐵定不會自己跑來這個老舊的社區。不過這裡好酷，裡面復古的裝設好像文青旅店一樣，讓他忍不住東張西望地研究了起來。

店主人點頭笑了一下，「今天事情不多，我可以立刻幫你處理，但可能要花上一小段時間。如果你不介意，非常歡迎在這裡等。」

「那，我就在這裡等好了。」

「小如，後面冰箱裡有一壺昨晚煮好的冰糖菊花茶，幫我倒一杯給客人。」

「什麼？有好喝的竟然沒有跟我說！」

小如往後走，一邊嘀咕著店主人竟然無視她先前抱怨悶熱，現在才讓她知道冰箱藏了清涼解悶的好東西，等一下一定要狠狠灌上它三大杯解解氣。

「哇！老闆，你這裡的書好多。」眼鏡男推了推眼鏡，睜大雙眼，一副像是入了寶山的興奮模樣，不可思議地望著整面的書牆。「這裡根本是圖書館吧！」

「還好，就是沒事的時候喜歡亂看一通，看完也捨不得丟，就放著，不知不覺就越來越多了。」

男客人沒有回應，只是兩眼直瞪著牆面看。

「來，請喝。」

菊花茶水讓透明玻璃杯變成漂亮的淡黃色，小朵菊花載浮載沉，玻璃杯外已聚集許多細小水珠。

「謝謝。」接過玻璃杯，他的眼睛沒離開書牆，不斷上下掃視，好像在找些什麼。

唉。過一會兒，眼鏡男放棄尋找，不自覺地嘆了一口氣，在茶几旁坐下。

一直覺得這個戴眼鏡的男客人實在很眼熟，卻又想不起來的小如，不死心地猛盯著客人看，恰巧捕捉到這一幕。

「咦？你有什麼心事嗎？」小如好奇。

「啊？沒有啊。」原來他沒注意到自己的心思露餡了。

「是嗎？可是你剛剛嘆了好大一口氣欸！我跟你說喔。我們家這個老闆很厲害喔，不論你有什麼煩惱，都可以跟他說說看，每次客人來，講一講之後都可以笑瞇瞇地離開，超神奇的！」

「小如！不要亂說！」店主人輕言阻止。

「我哪有亂說！你就真的很厲害嘛。」接著又轉身繼續對眼鏡男說，「你就試試看嘛！把你的煩惱說出來。」

「小女生不懂事，亂說話，請你別介意。我沒有這女孩說得這麼厲害，不過如果你願意，倒可以說說看，就當作倒倒垃圾，我可以是個聆聽的對象。」

「其實……我……我在半年前，出版了一本書。」

「哇！好厲害啊！你是作家啊！」小如突然發現自己太小看眼前這個御飯糰臉型的年輕男人了。

「不不不！我還不敢叫自己為『作家』，就是個愛寫字的人，剛好幸運有人找我出書而已。」眼鏡男靦腆地搔了搔頭。

「但還是很厲害啊！出書了欸，感覺是一種人生達陣，成就達成。」小如鼓舞著。

「成就嗎？嗯，我曾經也這麼認為……」眼鏡男盯著手上的茶杯，看著漂浮的菊花，有好多花瓣已經剝落。不完整的菊花，光禿禿的。

「怎麼了嗎？難道你書賣得不好？」小如是直腸子，問起話來毫不客氣。

「好像也不至於，也……也二刷了。」男子再次搔了搔頭，明明是很有成就感的事情，他卻講得遮遮掩掩，像是生怕被人知道似的。

「那你在煩惱什麼呢？」小如就不懂了，「能賣到二刷，應該很厲害吧?!」

小如也給自己倒了一杯冰涼菊花茶，一手托著下巴，一邊喝一邊盯著眼前這個意志消沉的男子。

奇怪，他到底像誰呢？

「其實，我從小就愛寫東西，能出書的時候我就像是夢想實現了，但出書了之後，就發現根本不是這麼一回事。」

可惡！到底是像誰啦？小如腦袋不停轉著。想不起來的感覺，就像室內的悶熱一樣難耐，小如太專心在想這個問題，就隨口附和著客人，「喔……這樣啊？」

「你看過海底總動員嗎？妳記不記得有一幕？小小的尼莫被困在魚缸裡，一心想著只要努力游進大海就好了，於是他跟夥伴們拚命地游著，擠破頭就是要往大海去。直到他到了大海，卻發現根本不是這麼回事……」男客人緩緩地說。

尼莫……尼莫啊！怎麼有人說自己是那隻橘色的小魚呢？

啊！對啦！像尼莫！一切豁然開朗！小如看著眼前的圓眼梯形臉男子，挫折的表情讓八字眉更下垂，活生生就是真人版尼莫！

「對啦！」小如脫口驚呼出聲，引來店主人和眼鏡男同時不解地對著她看。

「對……我記得，那片大海很髒！」怕被識破想竊笑的心情，小如趕緊含糊帶過，又快速喝了一口菊花茶。

「是啊！我就是這種感覺，大海好汙濁，又深又孤單。到了大海，我反而一點也不知道我該往哪裡去？在魚缸裡，雖然很小，但是有朋友、有夥伴，有人願意看著你。但到了廣闊的大海，你誰也不是，其實不會有人在乎你，我好像只能在大海的最底層裡掙扎……」

對任何寫作的人來說，創作的歷程就是孤軍奮戰的旅程，在沒有成書之前，所有情緒都得自己消化。但那不是最苦悶的事，畢竟成書之前，「出版」是個清晰又具體的目標，即使孤獨，未必寂寞。書籍出版後，其實才是真正的考驗。

家人朋友的反應、讀者的反應、市場的反應，這些都是沒有經驗的寫作者在書籍出版前不會思索的。總以為書籍出版是結果，其實，對寫字的人而言那才是心理韌性的真正測試。

眼鏡男說著自己的心境，曾想著自己到了大海一切就會柳暗花明，卻發現擠身進入大海之後，自己竟然像是最渺小的那一個。而排行榜就是最血淋淋的考驗，即時榜、日榜、週榜、月榜、年度百大排行榜……一波一波的像蜂擁而上的大小浪潮。有力量的人，一蹬就能讓自己乘風破浪；沒力量的人，一不小心就被海浪捲走，踉蹌吃水，狼狽不堪。

「所以，真的出了書，反而不是實現願望啊？」小如跟著悵然了。

原來夢想的實踐，未必等於永遠滿足。那人類這麼辛苦在追求的夢想，到底算什麼？

「不不不，也不是這樣。書出版了，我真的很開心！當然是願望實現，也收到很多人的恭喜和祝福，其實今天帶來的筆電包，就是我姊慶祝我的書本出版要送給我的。哎，但沒想到我把提包放到發霉了。」

眼鏡男和姊姊的關係一向最親密。當他決定要以「寫作」做為職涯開始，比起父母的反對、哥哥的嘲諷，姊姊就像心中最穩定的力量，在整個家中最支持他。即使不會明著說鼓勵的話，但常會塞一些食物和日常用品什麼的到他的租屋處，就怕他餓得養不起自己。他知道那是姊姊表達支持的方式。

當確定要跟出版社簽訂合約時，姊姊先是愣了三秒，接著在電話裡高分貝歡呼，反覆問了三次：「真的假的?!」害他耳朵痛得立刻把話筒遠離耳朵旁好幾秒鐘。書本出版後，姊姊特意找朋友從國外代購這只筆電包，她知道他是一部筆電打天下，到哪裡都扛著筆電寫稿，所以找知名品牌的筆電包送給他，要他好好保護自己的生財工具。

男子露出苦笑，「今早看到提包發霉了，我先是一陣錯愕，然後突然有種哭笑不得的真實感，根本就像是我出書之後的心路歷程。一開始很棒、很興奮、很開心，但馬上就被隨之而來的現實打趴在地上。」

「感覺被打趴了啊……」小如似懂非懂地聽著男客人的描述，想努力弄明白那種感覺。她轉頭看著專注清潔筆電包的店主人，雖然低頭不語，但小如知道他正在仔細聆聽。

「現實就是，書籍出版後，變成更大的戰場，不只更廣闊，還更混沌。每次點開網頁排行榜，那種無法克制的自卑與不安的感覺，就會源源不絕地一直冒出心頭。上了即時榜很開心，但不到兩天後發現掉出榜外，就變得更慌亂，更無法相信自己，更自我懷疑。說到底，我真的能寫東西嗎？我寫的東西真的有人要看嗎？最近我的筆感不見了，我覺得寫不出東西了。越想就越害怕，我覺得自己只是出版社的賠錢貨，會不會他們只是一時看走眼才找我出書？哎。我江才郎盡了！」

「是『江郎才盡』吧?!」小如反射性地出口糾正。

等等！這傢伙真的是作家嗎？連這麼簡單的成語都用錯。

「啊！妳看！我連這個也用錯，還要一個小女生糾正我！我真的不行了。」

他越說越氣餒也越激動，雙手的手指伸進原本就雜亂不已的頭髮裡，抱頭低聲嘶吼。

眼鏡男更加劇烈的反應，讓小如一時也不知道該如何是好，假意低頭再多喝兩口早已空了的茶杯。

「**『當你的生活遇到瓶頸時，你知道該怎麼做嗎？繼續向前游就對了！』**」原本只是安靜聆聽的店主人突然脫口出聲。

「是多莉的臺詞！」小如驚呼。「老闆，你也有看尼莫喔？」

「不知怎麼地，我腦袋剛剛浮現的就是這句話。」被年輕晚輩發現他也會看動畫，讓店主人有些不好意思，尷尬地笑了一下。

「裡面有這句臺詞嗎？」眼鏡男看起來冷靜一點了。

「有啊！多莉說的。」小如點點頭，圓滾滾的眼珠子轉個不停，感激店主人的神救援。

「你喜歡寫東西嗎？」店主人問。

「喜歡啊！」眼鏡男毫不猶豫地點頭。「不喜歡就不會花那麼多時間在上面了。」

每當文字敲擊在鍵盤上，就像是將無形的思緒轉化為有形的歷程。

書寫，能帶給人平靜，也能透過書寫，讓寫作者的思緒更顯清晰。那是整理沉澱的過程，也是一種平衡的流動，從大腦到手指，跳躍到螢幕上，再穿越視線，回到大腦裡。如同大海的海流，規律穩定地朝同一個方向流動運行，即使會受外在環境變化而改變流動速度，卻從不更改方向。

眼鏡男自嘲是海底裡迷失的小丑魚，而在迷失前，他曾享受在這樣如洋流般溫暖的環繞裡。他喜愛那樣的美妙流動，也沉迷在那種滋養運行裡。

「那你為誰而寫？為什麼而寫？」

「我……」此刻男客人就像一只消了氣的尼龍人偶，乾癟無力地癱軟在椅子上，「起初哪裡有想那麼多？只要有人願意看我寫的東西，就夠幸福了。」

「如果說我這個洗衣服的，因為沒事愛讀點東西而可以有什麼體悟的話，我會說，**有認真創作的人，當然也就要有懂得欣賞的觀眾或讀者，兩者是相依存的關係**。」店主人想起了他喜愛的演員，在獲獎時曾說過的這段話。

「是吧！是吧！我就說大眾的評價很重要啊！」原本乾癟的充氣人偶，突然被灌飽了氣，手舞足蹈、大聲嚷嚷的模樣有些滑稽。

「但創作的時候卻不能總把得失放在心中，否則，會寫不出屬於自己的作品。你一心想著別人喜歡的是什麼，就會忘記自己真正想要寫的是什麼。你的初心，想必不是為了獲得好評而做的吧？」

「話是這樣說沒錯，但這真的太不切實際了，沒獲得好評，我又憑什麼繼續做下去？」

「沒獲得好評嗎？你剛剛不是說你的書已經二刷了？出版社要評估書本是否再刷，也有一定的標準吧？」

男子被店主人問得語塞，他不敢說，其實他覺得那些銷售量可能是姊姊偷偷買起來囤的。

「你好像很不相信自己？」

男子依然沒有說話，只是嘆了一口氣。

對他來說，這一切其實太不切實際了。

光有喜好，根本不能當飯吃吧？即使自己已經是作家了，手上也還握有下一紙出版合約，他還是不相信自己有才能。家中除了姊姊，沒有人支持他的創作之路，長輩生怕他此後變得更加不切實際，好高騖遠，不斷地提醒他還是得回到所謂的「正途」上，安分地找一份工作，養活自己比較重要。

他和尼莫不一樣。故事裡的尼莫，有爸爸在大海裡尋覓他、等待他、支持他。現實生活裡，他的爸爸只會叫他不要成日無所事事，四處遊蕩。

「說到底，我有資格相信自己嗎？」男子突然脫口而出的這句話，不知道是自言自語，還是在問舖子裡的兩人。

「那你想停下來了嗎？你覺得你準備好過以後都不寫作的人生了嗎？」

「當然不要！我還想寫啊！我還有好多故事想法想分享！但是，我就是很焦慮啊！很怕自己沒法往真心渴望的方向前進。我好怕我永遠追不到我的目標，然後對自己越來越失望。」一想到此後不再寫作，他感到更加痛苦，漲紅的臉讓他更像尼莫了。不，是被過度充氣的尼莫臉型人偶。

「**你會焦慮，其實才是反映你在意吧**？因為越在意，就越容易放大失控的感覺、放大不夠好的感覺。因為你在意，又身在其中，自然沒法看見未來的樣貌。但就算沒法現在看見，就代表不值得再繼續嘗試了嗎？」

「繼續嘗試，真的有意義嗎？」他雙手抱頭，聲音苦苦的。

「就算想尋找這件事情的意義，也得要願意等待它的出現啊！所謂意義，不也是等它真正發酵後才會看見的嗎？現在都是過程吧！除非，你打算停下來了。」

眼鏡男咀嚼著店主人這段話，他不想停下來，但又懷疑自己持續是否有意義？如果自己有資格持續，又是不是自己努力不足呢？

「所以是我不夠努力嗎？」他問出了心中的懷疑，這不只是自己對自己的懷疑，也是許多人對他的懷疑，人們看見他成日無所事事的樣子，卻不知他心中的深度焦慮。久而久之，他也不得不去想，是不是自己的問題？

「對你來說，什麼叫『努力』？努力的目的又是為了什麼？」

「努力，當然就是為了要讓自己更加發光發熱，讓那些對你有期待的人不會失望啊！然後證明那些看不起你的人是錯的！」眼鏡男腦海裡浮現的是有所質疑的父親。

「但你靠過度用力來證明自己有價值，卻適得其反的話，真能達到目標嗎？」店主人眼神清澈，好像能直通人心。

「不努力也不會成功啊！」眼鏡男大聲反駁。

「好吧，那換個方式問，如果不努力會怎麼樣？」

「會失敗啊！所有人都看著你失敗，然後你會被眾人恥笑。」想到萬一再也寫不出來了，此後都要面對所有親友的懷疑與訕笑就不寒而慄。說什麼都不能讓他們看扁了。

「對我來說，努力不是為了避免自己變成別人眼裡的失敗，而是成為自己眼中更好的自己。」

「成為更好的自己？」

「現在的你，覺得自己有比一年前的你進步嗎？」

「應該有吧……」

「那如果繼續走、繼續試，**一年後的你，也會比現在更好吧？**」

「應該會吧……」

「那不就夠了嗎？」

「感覺也太不認真了，好像在自欺欺人。」癟著嘴的阿莫，嘴角下垂的模樣讓下巴顯得更寬。

「啊！這包被我戳破了！」店主人忽然驚呼。

「什麼？」小如和眼鏡男都被店主人嚇到了！

他竟然把電腦提袋戳破了?!怎麼可能？

「我看！」男客人衝上前去。

「哈~沒有啦！我騙你們的。」店主人咧嘴傻笑，露出潔白的牙齒。

「什麼嘛！這一點也不好笑。」小如沒好氣道。

「不是，我想說的是，如果我一心努力想清潔這霉斑，結果過度努力，反而把包給洗破了，也不會是我們想要的結局吧?!」

「老闆的意思是？」

「在寫作這件事情上，你太努力了！你努力著想找到別人要的是什麼？努力不想讓自己被淘汰，但人總要脫離情境，才能獲得更寬闊的視野。**不要過度努力，才是最好的努力。**」

「好像……有點深奧喔。」眼鏡男推了推眼鏡，又陷入沉思。

「我認為你可以試著不要關注在『**該寫什麼**』，而是想著自己『**要寫什麼**』。」

「我知道了！就好像我在玩手機遊戲的時候，如果一心想著拚高分，那一局一定會玩得很爛！但是如果專心在玩，不要看分數，反而高分了！」沒機會說話的小如終於找到插話的機會。

眼鏡男與店主人同時轉頭，看向這個努力想加入話題的年輕女孩。

女孩被這一看，也意識到自己因過度努力而引發的尷尬。

三人突然沉默，才注意到窗外的雨早就停了。

「欸，好像也沒錯啦！我有點懂了，我自己玩遊戲的時候也是這種感覺。」

阿莫出聲和緩地化解了女孩的危機。

店主人的一番話，其實帶著他回到了自己最早書寫的初心。或許人心總有迷路的時候，但只要初心不變，迷路就不會太久。

「不過，我也只是分享我的想法而已，最終你才是執筆的那個人。在我看來，你已經是一尾靠著自己的力量游進大海裡的魚了！不管是小丑魚還是大鯨魚，你們都是大海等級的魚啊！」

在工作檯前的店主人又回復專注的模樣，低頭處理眼前的工作。

「欸，是欸，其實我們都在大海裡了啊……」男客人搔搔頭，口中喃喃自語，胸口有一小塊緊繃的部分不自覺地鬆開了一點點，他想起姊姊把筆電提包交給他時說的話：「我們家弟弟啊是文人了，跟我們這些人都不一樣了！」姊姊說話的時候，帶著一抹驕傲的神情，讓他知道自己正一步步走在自己的路上。

店主人突然想到前陣子在動物頻道上看到的介紹：「你知道嗎？其實真正的小丑魚，是會隨著周遭變化而改變自己的性別？」

「什麼？」眼鏡男和小如同時瞠目結舌，讓店主人有些想笑。

「是啊，在一群小丑魚當中體型最大的就會是雌性，第二大的是雄性，其他的就是未分化性別的小魚。而當體型最大的那隻母魚死去，原本的公魚就變成族群裡體型最大的了，所以他會轉變成母魚，而未分化小魚中體型最大那隻，就會變成公魚。」

「老闆你在說什麼啊？」兩人聽得一頭霧水。

「小丑魚從來不是為了別人的需求而改變自己，而是因為環境變化，因應自身的需求而改變的。你如果覺得自己是尼莫，那就讓自己變成真正的小丑魚吧！不是為了別人而努力，而是為了你想變成什麼樣子而努力。**『不要過度努力的努力』**。在大海裡游得快還是游得慢，全憑你自己說了算，總之，**一直記得自己想要的樣子就行了。**』店主人的嗓音像緩慢的中提琴一樣低而不沉，很容易引導人進入他的話語之中。

「憑自己說了算嗎？所以只要我記得自己努力的方向，去變成我想要的樣子，這樣就應該可以被接受了嗎？嗯，我想可以吧。」眼鏡男轉頭望著窗外，雨停後，院子裡的樹葉間露出了細微的光亮。

男客人突然想起自己曾經看過的一篇評論。

寫作是孤獨的，但也正是這樣的孤獨，才能反映出寫作人獨立的色彩，世上不會有兩個文字魂，在面對同一種心境時，闡述出一模一樣的描寫。

寫作就像是照光，所有的光亮只能落在明白的心上。所有照映出的光芒與溫暖，都能在人心上被扎實地接住了、擁有了。於是，寫作雖然是孤獨的旅途，卻無須寂寞。店主人的一段話，點出了自己一直以來在寫作上的心境，書寫本來就是一種療癒自我的過程，過度在意外界的眼光，就忘記自己了。

「好！老闆！我決定了！」

砰的一聲，眼鏡男突然起身，座椅撞到後方書櫃，發出突兀巨響。

「在我確定我要成為什麼樣的作家之前，老闆！我決定來這裡當義工！我接下來會常常來這裡串門子，幫你整理這些書籍。」眼鏡男真摯堅定地望著店主人。

「啊?!」這回換店主人和小如四目相對，錯愕得說不出話來。

窗外雨停了，視野變得清亮，屋外的植物更顯翠綠，不似剛剛他在雨中跑來時那樣灰暗陰沉。

「好啊好啊！這樣我有伴了！」

一陣微風穿過木窗吹進屋內。小如因為自己找到同伴歡呼叫好，這可是她的第一位作家朋友，她不只可以回班上跟同學炫耀一番，還要介紹他給學長男友認識，證明自己也有長進，別讓成了大學生的男友看扁了。

但不知怎麼地，店主人卻不禁打了個冷顫。可以猜想原本喜愛寧靜的他，接下來的日子恐怕不好過了。

Item 6/

秘密球鞋

☐可機洗 ☑手洗 ☐不可水洗

☐可漂白 ☑不可漂白

☐可烘乾 ☑不可烘乾

☐吊掛晾乾 ☐吊掛陰乾

☐平放晾乾 ☑平放陰乾

備註：

洗好放回書桌上。

「阿公、阿嬤，我回來了。」咯吱一聲，腳踏車的煞車皮與輪胎的磨損聲，尖銳地在巷尾響起。少年將腳踏車停妥在院子口，拉開木紗門向內走去。

「阿昇下課啦？外面很熱吧？趕快去洗把手洗把臉，冰箱裡有綠豆湯喔，快去喝。」

屋內的婦人，圓圓的臉上戴著老花眼鏡，瞇起眼來細細的眼尾拖著長長的紋路，坐在檯前，手指俐落地來回撥動算盤的珠子，眼睛緊盯著帳本上的數字。她專注嚴肅的神情，一瞬間與走進門的少年有幾分相似。

顗昇一進門，看見阿嬤忙碌的樣子，不悅地抿起嘴。接著將身上的側背包往後一甩，走到婦人旁，拉開櫃檯右側最上方的抽屜，拿出一個計算機。

「阿嬤，妳怎麼不用我送妳的計算機？」

「哎呦，用什麼計算機？這個算盤我用得好好的啊！」

婦人推開少年放在眼前的計算機，繼續盯著帳本。

「妳這個老古董了欸，妳看！」他硬把如同帳本面積大小的計算機推到阿嬤面前，「妳的算盤上面的油漆都剝落了，用計算機比較精準，比較快啦！」

阿嬤再次推開少年的手，「什麼老古董?!這個阿嬤嫁給你阿公的時候就開始用了吶，一路用到現在，說什麼老古董?不然你是嫌阿嬤也是老古董喔？」

「不是啦……」顗昇被阿嬤這麼一說，話堵在嘴裡，「我只是想要妳用新的東西嘛。」

「我說你們年輕人，不要什麼都馬上想要換新的。東西老歸老，這個算盤阿嬤用得很習慣，這個計算機我反而用不習慣。」

「那這個計算機怎麼辦？我都買了。」顗昇不甘心，不服氣的神韻隱藏在眉間。

阿嬤抬起頭，看著站在身旁已長得氣宇軒昂，還比她高出一個頭的少年，「沒怎麼辦啊，每個東西不論新舊，都有會用得到它的主人。這個計算機阿嬤用不到，但有一天你可能用得到，或者有別人需要。你的好意阿嬤知道，阿嬤很謝謝你啊。所以我把它收得好好的，等有天時機到，它自然會發揮它的功效。」阿嬤笑起來，單眼皮的細長眼睛拱成了一個弧形，像是半月形的模樣。隨著年紀，下眼瞼的臥蠶已經沒那麼立體了，讓阿嬤更顯得慈祥。

「可是……」顗昇望著阿嬤眼角的皺紋，突然發覺已有年歲的阿嬤平時溫柔和善，但固執起來完全不輸他這血氣方剛的年紀。

「好了！不用可是了，你就趕快去洗把臉，把冰箱的綠豆湯喝了。然後還要拜託你幫忙送貨，今天你幫阿公多送一點衣服，我們早一點休息，晚上才能好好慶祝。」

提到慶祝，顗昇才又突然想起今天這個重要的日子。這也是他下課就拒絕同學邀約，一放學便快速騎車飛奔回家的原因。

「對喔！我差點忘了。阿嬤，那今天有沒有……」

話都沒說完，阿嬤就知道他在說什麼。

「有有有！一早就收到了，怎麼可能沒有？」

「在哪？」少年難以掩飾心中的愉悅，瞪大了雙眼，不停張望四周。

「這裡啦。」顗昇的阿公從屋後走了出來。

「阿公！」看見阿公手上鞋盒般大小的禮物，顗昇咧嘴開懷笑著。

「一大早郵差就送來了。你看看！果然十六歲就是不一樣，連今年的禮物也特別大盒，以前哪有收過這麼大的？」阿公微笑地把禮物交給今天剛滿十六歲的孫子。

每年的生日，總會有一盒禮物在家裡等著他，今年當然也不例外。

「謝謝阿公。」顗昇不只笑得合不攏嘴，連眼睛的線條都快看不見了，十六歲的年紀，眼尾已露出一摺摺的紋路。

「阿昇，你怎麼了？不打開看看嗎？」阿嬷注意到少年雙手捧著鞋盒，眼神緊盯著盒子，卻沒有任何動作。她轉頭看了身旁的丈夫一眼，兩人四目相交，有些不安。非常輕微地，丈夫對她點了點頭，要她安心。

「不是啦，我想說，我等晚上吃完飯，切完蛋糕再開好了，這樣才有生日禮物的感覺嘛！」

「呵呵呵，」安靜的洗衣舖圍繞著阿公低沉爽朗的笑聲。「你這少年郎，還知道有蛋糕可以吃喔。」

「當然啊！」

少年怎麼會不知道，阿公阿嬤平時簡樸度日，平日裡不會特意買什麼花稍的點心，唯有在他生日這天，一定為他準備蛋糕，蛋糕也一定是芋頭口味的。其實，他並不怎麼愛芋頭口味的蛋糕，真正喜愛芋頭的人是他們兩老，他也就假意著那是自己最愛的口味。難得的點心，是老人家的善意，也是少年的愛意。

自他上學後，每年生日都是他們祖孫三人一起過的，就連手上這盒禮物，他也知道是阿公、阿嬤準備的。只是他們以為他們隱藏得很好，所以沒意識到少年其實早在兩三年前就發現這所謂的禮物背後的秘密，這並不是他們要他以為的那個人寄來的。

最初的包裹裡，會有一張精美的卡片，但後來一張隨手寫的便箋或字條慢慢地取代了卡片。接著這兩年開始，禮物雖不曾間斷，裡面的字跡卻再也沒出現過了，國外的郵票郵戳，也換成國內的。懂事的他，從沒問過阿公阿嬤到底消失的字條哪裡去了？

生命裡有一些謊言與偽裝，從不是為了欺瞞而存在的，只是為了讓心愛的人維持體面。

顗昇將他發現到的變化默默放在心上，而他依然期待寫卡片的那個人，總有一日會再次出現在家門口。他的思念不會隨時間淡忘，只是埋在很深的心裡，即使不時牽動，也不會說出口。

謊言與思念相同，說了就多了。

「阿公，要送的衣服在哪裡，我先去送好了。」顗昇帥氣的臉龐，對屋裡兩老笑了笑，笑起來時臉上浮現的酒窩，柔和了屬於少年的陽剛氣。

他小心翼翼捧著盒子，把禮物盒帶回屋內，擱在書桌上。他不用打開就知道裡面會是什麼了，還會是什麼呢？樸實的阿公阿嬤從上個月開始就試探地問他喜歡什麼樣的球鞋，他早就知道了。

「那麼急？不先吃碗綠豆湯？」阿嬤往少年房間的方向喊去。

「不要啦！我換件衣服就先去送貨，要留住胃口吃晚餐和蛋糕。」

沒多久，少年換上輕便白T和運動褲後，從房裡走出來，俐落地按照阿公的指示把客人洗好的衣服扛上腳踏車。

「我出發囉！」他熟練地踩著腳踏車，彷彿是他身體的一部分。

「路上小心一點啊，注意車子！」阿嬤站在院子口，習慣性地交代著，明知道這孩子很有能力，但不叮嚀一下就是不放心。

「好啦！我知道啦！掰掰。」踩在腳踏車上，阿昇一派輕鬆地回頭道別，但這動作嚇壞了老太太。

「看前面啦！」

「好啦！不用擔心我啦！」

望著孫子的身影在巷子口消失，婦人才走回屋內，坐下來繼續打算盤。

「阿昇不是送妳一臺計算機？怎麼不用？」這回換丈夫問起。「我知道舊習慣難改，但如果讓妳做得比較辛苦，又沒效率，好好熟悉新事物也是比較好吧！人要懂得進步啊。」

婦人意味深長地看著丈夫，緩緩地說：「你真以為我是捨不得換掉舊東西？」

「不然咧？」

哼，婦人悶哼一聲。沒想到丈夫這麼不瞭解她的心思。

「我是捨不得用新東西。」

「捨不得用？」

婦人沒再回答，低下頭來，眼神專注在桌面上的數字，手指頭靈活跳躍在算盤上，俐落的動作搭配算珠相互撞擊的清脆聲音。

想起少年送她計算機那天的表情，她就忍不住嘴角上揚，一股暖流從心中湧出。孩子畢竟長大了，竟然偷偷地存了零用錢替她買禮物，教她怎麼捨得用呢？

人對物品的情感，總有不同的表現方式，有人因為珍惜所以愛不釋手，離不開它；又或者，也有人因為太在意，於是連使用也捨不得，怕髒了、壞了、糟蹋了，於是只想珍放在自己心中獨有的空間裡。而這樣的珍惜方式，也唯獨主人自己才明白。

婦人專心地撥著眼前的算盤珠子，沒理會丈夫了。

*

那天晚上，祖孫三人一起慶祝過生日後，顗昇帶著愉快的心情上床。睡著沒多久，不知道是不是吃了太多甜食，因為口渴醒來。

熟悉地穿過二樓漆黑的走廊，他打算下樓喝水，刻意放輕了動作生怕吵醒習慣早睡的老人家，卻意外在樓梯口聽見阿公阿嬤在樓下窸窸窣窣的對話。

「你小聲一點啦！阿昇不知道睡著沒？」這是阿嬤的聲音。

「是要怎樣小聲啦？」

一旁阿公的聲音有些焦急，這讓顗昇很意外，這麼多年來，他很少聽見阿公用這麼急躁的語氣對妻子說話。直覺這對話與他有關，他帶著好奇繼續聽下去。

「哎，這女人也太無情了，這幾年都沒有回來看小孩就算了，現在簡單寫一封信來，就要我們幫他照顧孩子到長大？她也沒想過孩子的感覺嗎？」

什麼？蹲在樓梯口的顗昇不確定自己聽見的是不是自己所想的。大腦還不知道該如何反應，身體就已做出反應。

他心跳加速，怦怦怦地打得他胸口一陣緊。

憋著氣，才能壓抑下變得急促的呼吸。

「確實很不應該啊，做媽媽的都不回來看孩子。但是反過來說，有阿昇繼續待著，我們看著他長大，也很好啊！都照顧了這麼多年了，萬一她突然說要來帶走，我才捨不得。」

「我當然也不可能讓她說帶走就帶走，可是做母親的人，這幾年來無消無息，實在很殘忍！」阿公的語氣不只憤怒，還流露出對孫兒的不捨，說什麼他都無法接受。

「那個女孩子我從小看到大啦，我知道，她只是愛玩，還很孩子氣，現在還在興頭上，等過陣子，開始想孩子就會回來看小孩了啦。反正阿昇這麼懂事，我們有他作伴，他跟我們一起也很好。至少生活穩定，鐵定比跟他媽媽在外面流浪，看別人的臉色好啊。」

「妳這樣說是沒錯，可是總是他的母親，孩子沒有媽媽在身邊都十年了，也太可憐了。」

「亂講！哪有什麼可憐？我們把他照顧得很好。」

聽見這一切的顫昇，失神地呆坐在樓梯口。明明晚上才歡樂地慶祝過他的生日，卻在此刻丟給他這樣的震撼彈！

算什麼？這算什麼？多年來沒消沒息的就算了，現在隨隨便便一封信說把他交給別人就交給別人，這算什麼母親？

他失魂落魄地走回房間，盯著書桌。望著那些從小到大，過往每一年母親寄來的所有禮物，突然一股被拋棄的不甘願從體內油然而生。

他大步走向桌子前，把所有眼前看得到的禮物全都用力丟到垃圾桶裡，連今晚新拿到的球鞋也不放過。明知除了球鞋以外，其他東西才是母親寄來，但怒急攻心下，他管不了這麼多，此刻只想拋棄一切象徵母愛的物品。

全新的球鞋、昂貴的名牌籃球、精緻的古董汽車模型……奮力地丟棄在垃圾桶裡。

統統丟掉！

眼淚成串地冒出，遮蔽了他的視線。

用力抹去臉上的眼淚，他氣惱自己竟然哭了出來?!

有什麼好哭的？

眼淚，是留給在乎的人的。

如果她早已不在乎，我又何必在乎？

將塑膠袋口牢牢綁緊，打了一個結又一個結。

就像是綁緊了自己一直以來對母親的思念。

情緒，是心的語言。

但此刻的他，像是有人用力捏緊他的心臟，所有情緒扭曲成一團不知名的形體，他無法聽懂那顆痛到發抖的心到底在說什麼。這些年來沒有母親在身旁的一切不甘、委屈、怨懟和更多不知名的感覺，統統隨著臉上的眼淚鼻涕攪和成一團黏膩的怒意和羞愧。

綁緊了垃圾袋後，他把自己塞回棉被裡，像兒時記憶裡的自己一樣，用棉被緊緊地包裹自己，憤恨地咬著牙，逼自己不准哭。

那晚，顗昇不知道自己是怎麼睡去的。

他自然也不知道那晚當他在房裡氣急敗壞地丟著東西的時候，樓下的阿公阿嬤早注意到樓上的聲響，趕緊上樓來，守在他的房門外。

好幾次，阿公想伸手去打開房門，都被阿嬤阻止了。

「還能哭出聲，都是好的。只要不要衝動跑出去就好了！」阿嬤這樣交代老伴。

做父母的，最為難的往往不是「出手」，而是得眼睜睜看著孩子難過，只能靜靜地陪在一旁，自己卻不能有任何作為。

那樣的煎熬磨出了一道又一道皺紋，逼出了一絲又一絲白髮。

那是孩子與父母得共同經歷的成長痛。

兩老就這樣擔憂地在房門口守了整夜，任憑顗昇在房裡痛哭。

＊

隔日早晨，顗昇拖到最後一刻才出房門，假裝自己睡過頭了，倉皇地跳上腳踏車出門上課去，好避開被阿公阿嬤看見他腫成核桃大小的雙眼。

下課後，他堆起笑容假裝若無其事地回到洗衣鋪。

回到房間，顗昇卻發現前一晚那些母親送來、被自己丟棄的禮物，全都原封不動地放在他的書桌上，甚至包括那雙球鞋，也被洗刷一新，安放在鞋盒中，彷彿什麼都不曾發生。

他不可置信地衝到一樓洗衣鋪裡，也顧不得那麼多，直接大吼：

「阿嬤，妳幹嘛把這些東西都撿起來了？還弄乾淨幹什麼？那些我都不要了啊！」他漲紅了臉，說話速度飛快，劈里啪啦地捍衛自己不願被戳破的、屬於少年的自尊。

阿嬤戴著老花眼鏡，低頭縫補客人一件掉了釦子的襯衫，也沒抬頭，淡淡地說：「每一個東西都有它存在的意義，再怎麼有情緒，也不能糟蹋了東西本身的價值。」

顗昇臉上一陣青一陣紫。

「你不喜歡的，是送你的人，但**這些東西沒有得罪你，製作他們的人也沒有得罪你，不需要連帶受到處罰**。犯錯的不是東西，不是嗎？」

聽見阿嬤一派從容地回應，顗昇咬著牙，一臉狼狽地爬上二樓，回到房裡，繼續憤怒地盯著桌上的東西。

它們彷彿在對他說：「我們跟你一樣，都是被丟掉的，都是沒人要的！」

但阿嬤把它們撿回來了，留下了它們。

就像當年，阿嬤溫暖地留下了他，不論外人說什麼，甚至私下嘲笑她是幫別人養孩子，阿嬤從不對他遷怒。

自從住進這個家，他從來沒有任何一刻覺得自己是「沒有人要的」。

兒時調皮搗蛋的時候，阿嬤也不曾過度責備他。

見到全被丟棄的東西，阿嬤一如往常，只是淡淡地讓他知道，人生的重點不在於你擁有的物品，而是你怎麼使用它。

顗昇繼續盯著這些從兒時就陸續收到的物品。

不知怎麼地，這些東西看起來沒有那麼討厭了。

他的眼光停在那雙已洗刷白淨的球鞋，心裡清楚，在所有被丟棄的物品裡，這雙鞋是最無辜的；一如他想宣洩情緒的對象是母親，阿嬤與阿公也是無辜的。嘆了口氣，他從倉庫找來一個乾淨堅固的紙箱，把東西一一放進去，動作輕輕緩緩地，像是在進行一場儀式。

找來封箱膠帶，緊緊牢牢地貼上。將一切情緒，也一併封箱。

唯獨，留下了那雙鞋，那雙阿公阿嬤特意為他找來的球鞋，那是老人家沒說出口的愛。是祖孫三人間，心照不宣的秘密。

Item 7/

控制毛衣

☐可機洗 ☑手洗 ☐不可水洗

☐可漂白 ☑不可漂白

☐可烘乾 ☑不可烘乾 羊毛

☐吊掛晾乾 ☐吊掛陰乾

☑平放晾乾 ☐平放陰乾

備註：

~~急件，客人之後會打包裝箱，衣物需全乾。~~

客人來電要求丟棄

怎麼辦？怎麼辦？

大馬路上，小如來回踱步，急切張望，心裡不停地責怪自己！

我怎麼會這麼蠢！就這樣把客人的東西丟了？

不遠處的阿莫，氣喘如牛地跑向她。

「怎麼樣？」看見阿莫搖搖頭，原本懷著一絲期待的小如像洩了氣的皮球，原本強忍住的淚水就這麼不聽使喚地滾落下來。

「怎麼辦，老闆一定會怪我，他難得出去一趟，把店鋪交給我照顧，我竟然捅了這麼大的漏子。」

小如越是不甘心地擦去淚水，眼淚就越不受控制。阿莫也不知道怎麼安慰她，只能輕輕拍著她的背，像安撫嬰兒一樣。

看不出這兩人之間，誰比誰更無助。

天空中厚重灰暗的烏雲層層堆疊，周遭的空氣凝重得令人喘不過氣。

突然響起了幾記悶雷，阿莫抬頭看了一下，擔心這午後雷陣雨會來得又快又急，只好先勸著小如。

「妳也不是故意的，這根本就是一連串不巧造成的……我們先回去了好嗎？」

小如緊捏著她每日隨身攜帶的手帕，抹去眼淚，但止不住她焦慮的情緒。

轟一聲，斗大雨水打在壓克力遮雨棚上，兩人就這麼被困在街邊騎樓。

小如的腦中浮現早上的記憶。

*

「喂，您好，請問是吳小姐嗎？這裡是洗衣舖，要通知您有一件先前送洗的白色毛衣，已經清洗完畢了，請您方便時過來拿喔！是的，已經洗好很久了，但是一直都沒來領……送洗人姓名嗎？請稍等一下喔。」小如低頭，翻了翻夾在塑膠套外層的送洗存根聯。「送洗人的姓名是『吳玉珍』，送洗日期是六個多月前……嗯，什麼？不用了嗎？這……對的，費用已經付清了沒錯，但是……不用了？可以丟掉了？您確定嗎？這……啊……這樣啊！喂！喂？」

怎麼這樣！掛我電話?!

小如嘟著嘴，一臉錯愕。

洗衣舖店主人從樓上自己居住的空間走了下來，剛好看見她歪著頭盯著話筒，不禁覺得有趣。「怎麼啦？打電話給客人這麼煩惱？」

「不是啦，老闆，這些人我已經一一通知請他們來取件了。」她指著桌上一疊粉紅色的衣物送洗單，「但是這個吳小姐啊，剛才聯絡的時候，跟我說毛衣她不要了，叫我直接丟掉。還不等我說完就掛我電話，有夠沒禮貌的！」小如手上的原子筆戳啊戳的，快把那張紙給戳破了。

「喔？是嗎？」意外地，店主人竟然沒有太大反應。

「等等，老闆，你怎麼都不覺得奇怪？」

「接電話的，是送件人本人嗎？」

「嗯，應該不是，聲音聽起來滿年輕的，但是你看這個送件人的名字，『吳玉珍』感覺就是四、五十歲的人才會取的名字，我猜是她家裡的長輩吧！說不定是她媽媽？」手裡的原子筆，在送件人欄位圈了圈。

「不要亂猜客人的事情。名字跟年紀沒有關聯好嗎？客人既然表示不領了，也只能依照客人的想法就先這樣。」

「喔……」小如依然不情願。

「怎麼啦？」

「不是啊，都已經洗好了，還不來領，雖然不是沒付錢，可是就覺得很糟蹋人的心意嘛！不想要一開始就直接丟掉就好了，幹嘛讓人白忙一場。」小如看了看手上的白色毛衣，從外觀看起來是很經典的款式，也許年代久遠了，但整理後像是全新的一樣，只要穿搭得宜，應該還很實穿。她不停嘟囔，心疼這毛衣就要這樣被丟了。

店主人神態自若地笑了笑，「白費力氣嗎？可能吧。不過在被拋棄之前，直到最後一刻都依然被認真對待，就不是糟蹋，也就不可惜了吧！」

小如對店主人常自顧自地丟出一些哲學性言論，已經見怪不怪。

「一定是她跟這長輩感情很不好，所以才叫我們丟掉啦！說不定她當年被媽媽拋棄，所以懷恨在心，現在就也丟掉媽媽的東西。」
「就說不要亂猜客人的事情了，而且要瞭解一個人的真實心意，不能只聽他怎麼說，而是要看他實際上怎麼做。」小如沒注意到，店主人的聲音變得嚴肅。
「她實際的行動就是掛我電話啊，這還不夠清楚喔！」
小如嘴裡依然抱怨著，但縱使再怎樣為這件毛衣抱不平，身為員工，還是依照店主人的指示，把早已裝在袋裡的毛衣拿到店舖後方，那裡存放著許多預備要回收的舊衣物和雜物。
「小如妳放著就好，我晚點回來再整理吧。」
「欸？老闆要出去？」
小如來洗衣舖幫忙好幾個月了，從一開始不支薪義務性的幫忙，到現在放暑假後，店主人安排她打工當班。這期間除了到附近送貨，小如從沒見過店主人外出，更別說洗衣舖裡幾乎沒有公休日，難怪她意外店主人要外出了。
仔細看著店主人，果然不太一樣，有別於平時像制服似的深色棉麻襯衫加米白色圍裙，今天的他一身輕鬆，休閒的白T外罩著黑色襯衫，搭配黑色休閒褲，不只多了幾分年輕時尚，黑與白的搭配襯得店主人原本就明亮的雙眼，更加炯炯有神。

「嗯，今天要麻煩妳幫忙看店，我要出去一趟。」一邊整理後背包，他一邊說，「我傍晚左右就會回來，不會耽誤妳回家。」

「穿這麼帥，約會喔！」小如瞇起眼，一臉嗅到八卦的表情笑得賊兮兮的。

「約什麼會！都四十歲的大叔了，我有事出去一趟而已。」店主人翻了個白眼。

「少來，不是約會，大熱天的還穿這麼帥？哎喲，沒關係啦，不要害羞，老闆如果需要跟人家燭光晚餐，晚一點回來也沒關係的，我打個電話跟我媽說一聲就好。」

「不是約會，也不需要那麼久。」店主人用細長手指在小如額頭上輕彈了一下。

「哎喲！好痛！」小如捂著自己的額頭，但掩不住竊喜的笑臉。她奮力把眼前的男子推出大門，「好啦，你快出去，別讓人家女主角等太久！」

店主人挑在這日外出也不意外，週末的早上多半不太有客人上門。小如一個人看店也不太會有問題，她一邊熟練地擦拭客人送回來的衣架，依序吊掛在旁邊的吊衣桿，一邊盯著手機螢幕追劇。

等到店主人的交辦事項都完成了，到了下午，小如開始感到無聊，突然想到今早經過里長辦公室門口看見的公告：

【公告】

本社區舊物統一回收

地點：十二巷內九號公園旁

時間：下午三點前

既然今天鄰里社區要統一回收舊物，乾脆來把後頭那些店主人囤放的雜物整理好，送去回收好了。說不定店主人會因為我的自動自發幫我加薪呢？

打著如意算盤的她，沾沾自喜地往後頭走去。發現那些回收物品其實不需要什麼整理，洗衣舖主人的習慣很好，所有回收雜物都被收放妥當，整理得乾淨整齊，只需要把它們提出門就可以了。

太好了，根本不費力嘛！

小如一手拖拉著回收紙箱，一邊想著店主人回來會怎麼讚美她。

「欸~沒有人在嗎？」

聽見店舖門口傳來聲音，小如顧不得紙箱，急忙狼狽地衝到櫃檯來。

「歡迎……什麼嘛！原來是你！」看到來訪者是熟悉的面孔，小如原本笑容可掬的表情立刻垮了下來。

「哎呦，怎麼這麼冷淡！」來訪者抓了抓他原本雜亂的頭髮，露齒笑著。

「你這個不紅的作家又來占老闆便宜？吹免費冷氣？還是看免費的書？」

即使阿莫年長她十來歲，小如也依然把他當平輩對待，對他說話的口氣就像對班上男同學一樣直白。「我跟你說，老闆不在，你沒有要洗衣服的話，今天可以回去了。」

「喔？老闆不在？這麼難得。」阿莫沒理會小如不友善的態度，這兩個月在洗衣鋪裡遊走習慣後，他已經習慣了這小女生的直來直往。

這個臉型像御飯糰造型的年輕男子，阿莫，不只臉上渾圓大眼讓他看起來近似尼莫，連名字也剛好有個「莫」字。自他上次送筆電包來清潔後，就時不時地來串門子。小如原本欣喜地以為店裡多了阿莫會熱鬧許多，卻沒想到他竟是個只對書本有興趣的「書痴」，兩人的對話很難有交集。而多數時候阿莫踏進洗衣鋪裡，就自動自發地從書架上抽出一本書，再找個空位安靜閱讀，看到有趣的篇幅就直接抓著店主人討論，也顧不得店主人是不是在忙。每當店主人和阿莫聊得投入時，就會把小如晾在一旁，讓她反而覺得自己才像後來加入的外來者。連店主人的老狗「安靜」，也慢慢習慣倚在阿莫的腳邊休息。

這可不行！凡事都有先來後到，小如自覺自己才是這間洗衣鋪的「前輩」，自然經常對阿莫頤指氣使了。

這會兒，阿莫又走往書櫃前，正想物色一本書來看，小如立刻擋在前面。

「等等！你既然來了，那剛好，東西就給你拿去回收吧！」

「啊？什麼東西？」

「今天剛好是社區集中收回收物的日子，我正在後面整理老闆要回收的舊衣物和雜物。你來得正是時候，幫我抱去隔壁巷子的公園，在那邊統一回收，晚去了人家就都收走了。」

才說完，小如從長廊把剛剛拖到一半的紙箱拖出來，再拎出一大袋裝滿的黑色塑膠袋。「快去！」

「這……」阿莫的如意算盤被小如打亂，也只好依照她說的去做。反正快去快回，做完就可以不被打擾地多看兩本書。

趕走了阿莫，小如一派輕鬆，太好了，把多餘的人跟東西都送走，等老闆回來一定會非常滿意，覺得能有她來幫忙真是太好了。她雙手扠腰，注視洗衣舖，一臉得意。

鈴～店舖裡古董造型的電話突然響起。

「喂，您好，這裡是洗衣舖。」

「喂，我姓吳，我早上有接到電話，說有一件白色毛衣洗好了，要我來領。」

電話另一頭傳來小如熟悉的女聲。

「啊……是……」一股不祥的預感浮現。

「我方便待會過去拿嗎？我想一想，還是不要丟好了。」

「啊！這……」電話這頭的小如，遲疑地答著電話。她的頭皮開始發麻，反覆回想剛剛整理物品時的畫面，整理時已經沒有那件毛衣了。

慘了！應該在阿莫抱出去的那一大個箱子裡了。

酷熱的天氣，小如緊握著話筒的指尖卻感到一陣涼意，一路直竄背脊。

*

「我真的好蠢！明明老闆說東西放在後頭他會自己處理，我偏偏要自作主張，叫你抱去回收。」

夏日的午後陣雨往往來得突然又兇猛，但也退得迅速。兩人沒等多久，待雨勢變小，就慢慢走回店舖。

路上，阿莫持續溫柔地安撫小如。

「這真的不是誰的錯啊，說到底，也是客人原先自己說不要了嘛。」

「都是你啦！要不是你自己跑來，我怎麼會想到叫你丟掉！又怎麼知道今天清潔隊這麼準時，東西沒兩下就都收走了。」

「我?!」

人在遇到倉皇意外時，總會想找代罪羔羊，好減輕自己內心的負擔。而此刻的阿莫正是啞巴吃黃連，即使委屈也不敢多說什麼。一路上小如哭哭啼啼的，已經引來不少側目，萬一害女孩哭得更慘，他就跳到黃河也洗不清了。

走進店舖的巷子底時，店門口已經站了一名陌生的女性，撐著傘在那裡等著。

＊

店主人帶著倦容回到了熟悉的巷子，腳踏車還沒騎到門口，就聽見屋裡傳來混亂的爭執聲。

「小如，我回來了。」

一踏進門，就看見一名女客人眼神嚴厲，怒不可遏地盯著小如和阿莫兩人。

「老闆……」見到洗衣舖主人，小如像是鬆了的水閥，眼淚不爭氣地滾了下來。

「什麼？你就是老闆嗎？你這家店怎麼這樣，可以隨便把客人的東西丟了？」這名留著俐落短髮的女性，推了推細框眼鏡，氣憤地對著店主人嚷嚷著。

「小姐，明明是妳早上電話裡……」

「這位小姐，我是洗衣舖的主人，請問發生什麼事情了嗎？」店主人看了一眼臉頰漲紅的阿莫和眼角含著淚光的小如，用溫和緩慢的口吻，試圖緩下緊張的氣氛。

「老闆，她……」阿莫想插話，但對上店主人嚴肅的眼神，立刻閉上嘴。

「你是老闆！很好！你今天要給我一個交代。」

女客人看起來跟阿莫差不多年紀，約二十多歲，一臉憤怒，說起話來連珠砲似的，難怪小如和阿莫難以招架了。

「發生什麼事了嗎？」店主人堆起笑容，客客氣氣的。

「我媽媽送洗的毛衣，今天早上通知我來領。」

「是，我知道這件事。」店主人立刻明白發生什麼事了。

「老闆對不起！是我自己太自作主張，想說社區今天回收活動，我剛剛就……」小如努力收拾自己的情緒，一邊調節呼吸，一邊擠出這幾個字。

「老闆你不要怪小如，是我抱去回收的。」一旁的阿莫幫腔。

兩人你一言我一語的，都急著承擔責任。

「我不管你們是誰決定的，總之把東西丟了，就是失責，看你們準備要怎麼賠我！」

在一旁的女客人才不管是誰做的決定，東西交到洗衣舖來被丟掉了，就得有人負責。

「賠就賠啊，不過就是件毛衣……」

「阿莫！」店主人將手掌壓在阿莫肩上，施以些許力道，暗示他別再講下去。

接著，他面轉客人，一字一句緩緩地說：「但是，如果我沒有記錯，接電話的人似乎也告知我們那毛衣她不想要了，請我們直接丟棄。」店主人筆直地盯著女客人，眼神友善卻堅定，語調溫潤客氣，但低沉的聲線，散發一股難以抵抗的威嚴。

「這……」女客人眼神閃了一下，又快速推了推眼鏡，「我才不管接電話的人說什麼，那是我媽媽的遺物，她前陣子死了，那是她死掉前留下的東西。你們工讀生說什麼被丟掉了，你要怎麼賠我?!」

「接電話的聲音明明就是妳的聲音。」小如委屈地說。

「妳這小孩子怎麼這樣？怎麼可能是我！」女客人假意鎮定的聲音，但她顫抖的尾音與異樣的表情還是出賣了她。

對，是她在電話裡自己交代把毛衣丟掉的，凱珊心知肚明，但她就是無法承認。

＊

和媽媽感情不好不是一天兩天的事情了，她也早受不了那個難相處的老太婆了。丟掉她的東西，只是剛好而已吧?!

凱珊的媽媽在眾人眼裡，就是人家說的「控制狂」，從小到大沒有一件事情不插手，幾點起床、幾點睡覺、上什麼課、選什麼志願、髮飾的顏色、裙子的長度……從有記憶開始，凱珊從沒有自己表達的自由，於是從有意識開始，凱珊總是千方百計要逃離媽媽的掌控。高中住校，大學偷換志願到外地念，連工作都要想方設法請調到國外去，總之能逃多遠就逃多遠。

終於在去年，她成功申請到外派。能到國外生活，對她來說等於是投奔自由，換得自在呼吸。反正人在國外，只要電話不接，訊息已讀不回，以最低限度的方式回應媽媽，就能獲得最低限度的干擾。

但沒想到自在安逸的日子沒多久，才出國半年，上個月竟然收到家人的通知，說媽媽被莫名的劇烈病毒感染，住在加護病房內，要她趕快回來?!

起先她一點都不相信！一定是媽媽想出的把戲，想情緒勒索她，要拐她回來好繼續控制她。但家裡的索命連環扣，不間斷的訊息和照片，逼得她不得不相信這是真的。拖了十幾天，不得已訂了機票。人還在國外機場，就又收到醫院傳來的媽媽的病危通知，待她抵達桃園機場，媽媽也被宣告死亡了。

自由了！

收到訊息時，凱珊腦海裡浮現的竟是這三個字。但不知怎麼地，她竟然沒有任何獲得自由的喜悅，反而是劇烈的憤怒。

怎麼可以？媽媽怎麼可以說走就走？凱珊還沒對媽媽證明自己有多惱怒，有多氣憤！她受到長年累月的控制，也還沒獲得媽媽的道歉，媽媽竟然就這樣走了，簡直不負責任到了極點。

太不可原諒了！

於是，即使在後事辦得差不多的這幾日，凱珊對媽媽的惱怒依然有增無減。

今早接到洗衣舖的電話，一聽到是一件「白色毛衣」，凱珊所有的怒氣再度被撩起。

關於白色毛衣，她記得再清楚不過了。

那是出國的前一夜，媽媽把自己的舊毛衣硬是塞到她的皮箱裡。

「妳幹嘛在我的行李箱裡亂塞東西？」凱珊在行李箱裡發現毛衣時，惱怒地把衣服丟回媽媽眼前。

「我哪是亂塞？妳要去的地方很冷，我那件毛衣很保暖，妳帶去剛剛好。」

凱珊的媽媽拎著毛衣，走到行李箱旁，又往裡頭塞。

凱珊急忙阻止媽媽的動作。「妳又來了！可不可以不要這麼自作主張？那是妳的毛衣，我不要！」

「我哪是自作主張，明明毛衣很保暖，妳帶去穿剛剛好啊。」

「我不要！我如果有需要，我自己再買就好了。」

「妳這女孩子就是這樣愛亂花錢，行李箱有空間，帶去也不會怎麼樣。妳怎麼就是不懂人家的苦心呢？」

「我不要妳這種自以為是的苦心啦！」

母女倆總是如此，說不到幾句就會陷入唇槍舌戰，最後不歡而散。

就連出發前的最後一夜，也無法好好對話。

你來我往的指責與攻擊，最後凱珊憤怒地把衣服丟到垃圾桶裡。

鎖上房門，拒絕對話。

彼此都帶著委屈，彼此都有傷。

這件白色毛衣是凱珊出發前對媽媽最後的記憶，是母親一貫想控制她的證明，她再清楚不過了。

但為何，凱珊又改變了主意想要回這件毛衣呢？

她自己也不知道。人如果對自己的一言一行都永遠清楚明瞭，那麼人生就不會有這麼多煩惱了。

掛掉電話後，凱珊魂不守舍地開始整理行李，預備再次搭機，返回工作崗位。

一邊整理，腦袋就浮現那件白色毛衣的樣子。

原來，媽媽最後還是撿起來了？還送洗了？

她在想什麼啊？難道她覺得我還有機會回來帶走嗎？

恍惚間，凱珊拿起媽媽的手機，回撥了早上洗衣鋪打來的電話。

她要把毛衣拿回來。不管拿回來之後要不要帶走，至少都要讓媽媽的衣服回家。就算是控制狂的媽媽，應該也會希望自己的東西能帶回家吧？

＊

「小如，別慌，沒事的。」店主人深吸一口氣，緩緩地說：「妳到走廊後面，在通道另一側有一道小門。妳打開那房門看一下，裡面有我們這位客人的東西。」

「什麼？」

「去吧！」店主人投以一個鼓勵的眼神。

店主人的話語像是有魔法似的，止住了小如的啜泣聲，她毫不猶豫地往後頭走去。阿莫則因太過驚訝而說不出話來，瞪大了原本就圓滾滾的大眼。

洗衣舖的左側，有一道長長的走廊，通到最底部是連接後院的老式廚房。小如經常在這裡來回跑，但也沒仔細注意走廊另一側的一扇棕色木門。按照店主人指示，小如小心翼翼地打開小門，卻對映入眼簾的房內擺設感到激動不已，甚至忘了方才起伏不定的情緒。愣了幾秒，才回過神，她快速地在屋裡掃視一圈，立刻看見早上那件毛衣，原本已經潔白的顏色，透著透明塑膠套看更顯明亮，她二話不說，捉著塑膠袋就衝出房門外。

「找到了！找到了！」女孩的歡呼聲與方才焦急慌張的模樣截然不同。

原來沒有丟掉！太好了！

小如立刻把毛衣交給店主人。

「小姐，這是您母親的毛衣，現在將它交還給您。」凱珊愣了一下，伸手接住毛衣。

「我們收到的每件物品，總是盡全力帶著最大的誠意對待。現在將它交還給您，同時也希望您能珍惜，別再任意說要拋棄，畢竟這是您母親的遺物。」店主人不容置疑的堅定語氣，阿莫與小如在一旁被這樣的超展開嚇得不知如何反應，而且老闆竟然用前所未有的嚴肅口吻對客人說話？

凱珊臉上一陣青一陣白，有些惱羞成怒。

「說到底，你們這裡根本就是莫名其妙，做錯事情都不用負責任的嗎？一下叫我來領，一下又說東西被丟，把客人當什麼？還敢這樣指責客人！你算哪根蔥？憑什麼教訓我？」

「是的，對不起。因為我們自己溝通不良，讓您情緒受干擾，是我們不對。我們服務不周，在此也跟您道歉，但我們萬萬沒有指責您的意思。」店主人收起原本的嚴肅表情，取代的是溫和的眼神，懇切有禮地向客人低頭道歉。

「哼，算了！這種爛店，我再也不會來了！我要上網跟人家說你這裡有多爛！你就等著收負評吧！哼！」凱珊憤恨地把手上的毛衣用力塞進側背包，頭也不回地往店外走去。

「欸?!」聽見客人要上網給負評，阿莫焦急了起來，想追上前去。

「等等，阿莫，你不用追了。」

「老闆，都是我不好，我去跟她解釋。」

「謝謝你的心意，沒關係。如果有緣，總會回來的。人也好，衣服也好，都是依照各自的緣分進入這間店的，不用特意去追。」

「那個人也太過分了，明明是她在電話裡跟小如說可以丟掉的，她為什麼要這樣呢？如果是媽媽的遺物，何必一開始叫我們丟掉？」阿莫也感到有些自責，就一股腦地把怒氣轉到客人身上。

「人心是複雜的，很多事情有關聯，但未必等於因果關係。**有時決定拋棄**

某些事物，不一定是因為不愛了，可能只是找不到愛的方式。」店主人轉身，整理起自己的隨身後背包。

「還好老闆是先知。老闆你怎麼這麼厲害，事先就把它拿起來？明明小如說她把毛衣塞到舊衣回收區，被我丟了。」

「每一樣進入這間店鋪的東西，都有它的價值，我不會任意拋棄。」

此刻的店主人眼神比平時更為深沉，臉上有一抹藏不住的惆悵。

咦？是老闆累了嗎？阿莫感到店主人與平時不同。

驀地，小如回想起剛剛在小屋內看到的景象，心理浮現更多的好奇與懷疑，盯著店主人。「老闆，剛剛那個房間……」

正想問個仔細的小如，被店主人打斷。

「好了！快晚餐時間了，今天店鋪早點休息好了，我有點累了，你們就先回去吧。」

小如和阿莫才發現，店主人不只神情看起來十分疲憊，連原本乾淨整齊的外衣袖子都被磨破了，登山靴也沾滿泥巴汙漬。

小如想多問，心細的阿莫卻拉著她，不給她說話的機會。

「好好好，我們先回去，小如，老闆剛回來一定很累，妳今天遇到這樣的事，應該也不好受，先回去休息一下！」

在關鍵的時刻，阿莫還是會顯現出與他外型不太符合的體貼與理智。

阿莫露出難得的正經表情，小如平常雖然大剌剌的，卻也發現店主人不同於以往的異樣，不敢再多說什麼，兩人連忙抓著自己的東西跟店主人說聲再見後就離開了。

離開時，小如不放心地轉頭向店鋪裡看了一眼，彷彿看見店主人的神情除了疲憊外，還多了一股落寞。那是她從沒想過，一向爽朗愛笑的店主人，會出現的表情。

Item 8/

遺忘圍巾

□可機洗 ☑手洗 □不可水洗

□可漂白 ☑不可漂白

□可烘乾 ☑不可烘乾

□吊掛晾乾 □吊掛陰乾

☑平放晾乾 □平放陰乾

鉤針勿垂掛

備註：

客人會親自來店鋪取回。

顗昇忐忑不安地站在玻璃門前，那是極為富麗堂皇，彷彿五星級飯店的入口。他才正想尋找自動玻璃門的感應，眼前厚重的玻璃門就轟的一聲在眼前滑開。原來是埋在腳踏墊下的感應器，感應到門外地墊上的重量，才會自動開啟。

步入室內，地上鋪滿了象牙白的地毯，顗昇硬底登山鞋的腳步聲完全被這柔軟的地毯吸收了進去。

他沒走到櫃檯，一名穿著護理師制服的男性接待人員就迎面而來。

「您好，請問有什麼事嗎？」

這裡的訪客大多採登記預約制，當接待人員看見陌生的訪客到來，往往會較為謹慎一些。

「你好，敝姓高，請問你們這裡有一位高玉丹女士嗎？」顗昇遞上一張照片，照片的背面，清晰地寫著「高玉丹」三個字。

接待人員接過這張照片，低頭看了一眼，表情有些狐疑。

「請問您是？」

「我……嗯……」他猶豫了幾秒，才生澀地吐出：「我是她兒子。」

「她兒子？您是高玉丹的兒子？」接待人員一瞬間沒藏住表情，顯得非常意外，畢竟他在這裡工作三年多了，從沒看過有任何人來探訪過這位名叫高玉丹的婦人。現在突然一個陌生人出現，還自稱是她兒子，他忍不住更加警覺。

「不好意思，為了保護這裡的住民，所有的訪客都需要經過身分核對，也需要事先在資料庫裡備註，您這樣突然跑來，我們沒辦法……」

顗昇理解這名接待人員的疑惑，立刻遞上自己的證件，「這是戶口名簿和我的身分證，你可以確認看看上面的資料，看看我母親的身分證字號跟你們登記的是不是相符合的。」

「這……」接待人員依然面有難色，按規定他是不能就這樣放行的，但入住進這個樂齡村的住民們背景大多大有來頭，他們的訪客也往往不是泛泛之輩，一個應對不恰當，就會讓他飽受責罵，他也不敢任意得罪。想了想他說聲「那您等我一下好了」，接著轉身走到櫃檯旁，推開牆上的暗門，看來那應該是員工的辦公室之類的。

不久，一位同樣穿著護理師樣式制服，看起來較為資深的女性隨著剛剛比較年輕的櫃檯人員一起從門內走了出來。

「您好，敝姓張，是這裡的督導。請問您說是要來找高玉丹女士的？」

「張小姐妳好。敝姓高，我來找高玉丹，我是她兒子。」這回顗昇的聲音聽起來比剛剛穩定許多。

「你去忙別的吧，這裡我來。」張督導輕聲指示著，而站在她身旁的年輕人員趕緊點點頭，多看了一眼顗昇後就回到櫃檯座位去。

「高先生，能請問您有攜帶相關的證明文件嗎？」張督導表情誠懇，說起話來也是客客氣氣的，語調聲音拿捏得恰到好處，聽起來非常舒服。

顗昇也再次遞上自己的戶口名簿與身分證。

接過文件，她走向接待桌旁開始敲著鍵盤，來回上下比對眼前的文件和螢幕上的訊息，確定這個住在樂齡院多時的婦人，確實是眼前男子的母親沒錯。

「欸，原來玉丹阿姨說她有個兒子是真的啊？」把核對完的資料還給顗昇後，張督導引導他到大廳的沙發區坐下，並指示剛剛的男性接待人員端來熱茶。

「嗯，高玉丹……嗯……我是說我母親，她在這裡住很久了嗎？」

「高先生，不好意思，好像……之前沒看您來過？」督導的經驗豐富，保持著禮貌與應有的客氣，但絕不隨便透露住民的訊息，也不任意答話。

「其實……我們很久沒聯絡了，我也到處打探她的消息，後來輾轉知道她在這裡，就想來看看她。」

「原來是這樣啊，難怪了。」

「所以，我母親來這裡有一陣子了？」

「嗯，阿姨是我剛任職那年住進來的，想想……嗯……有七、八年了吧！但您倒是少數來探望她的人。」

七、八年？竟然這麼久了？

「都沒有人來看過她嗎？」

「一開始有的，起初幾年平均每三個月就會有一位先生來看她。說是看她，倒比較像是來確認她在我們安養村生活的狀況。」

「那是……呃……是她丈夫嗎？」

「應該不是。」她搖搖頭，「那先生挺年輕的，可能比您還年輕些，比較像是秘書還是管家的角色吧。而且每次來總是西裝筆挺的，跟阿姨的互動也很有禮貌，我們都猜阿姨應該是大戶人家的貴夫人，不然怎麼可能一次就付清終生的費用！我們這裡……嗯，其實說實話，費用不是那麼親民。」

張督導說得委婉，顗昇從踏上入口處，看見有如飯店規格的迎賓車道，以及門前氣派的噴水池，就感受得到這裡不是一般人可以負擔得起的安養院。

他知道母親改嫁後的環境很好，即使近三十多年沒見面，但從那些小時候寄來的生日禮物，還有後來每年固定給的教育生活費就可得知。在物質上，母親確實沒虧待過他和阿公阿嬤，只是顗昇沒想過母親竟然會決定回到國內居住，度過晚年生活。

「妳說那是在起初幾年？」

「對，鞏先生是阿姨唯一的訪客，除了確定阿姨在這裡住的狀況，也會預留一筆生活金，因應臨時的開銷什麼的。但大概從五年前開始，鞏先生就沒有來了，只透過轉帳的方式固定把生活費匯過來。」

「那她丈夫呢？」顗昇忍不住問出最困惑的問題。

「欸，這……我就不清楚了，如果我沒有記錯的話，阿姨登記資料裡的緊急聯絡人一直都是國外的電話，配偶欄也是空白的。」

聽到這裡，顗昇五味雜陳。

「我今天可以去探望她嗎？」

「嗯，」張督導停頓了一下，想了想，「好，可以！我可以帶您過去，不過……您可能要有心理準備。」

「心理準備？」顗昇眉頭稍稍挑起。

「嗯，您跟我來吧！」張督導領著他向安養院後棟走去，掛在脖子上的職員證是感應卡，能通過重重玻璃感應門。越往深處走去，顗昇的胸口就更緊繃一些。

多年沒見到的母親，自己此刻是用何種心態與她見面？

他內心裡曾浮現各種重逢的畫面，兩人相擁而泣。

或者像電視劇演的，他對母親指著鼻子罵，罵她為何這麼狠心拋下他？

還是她會像當年一樣，轉頭就走，抵死不認？

起初，母親還是會回洗衣鋪看他，一年頂多一兩次吧。但過了十歲後，就以禮物代替她本人了。

再見面，真能相識嗎？

他罵得出來嗎？

他還有怨氣嗎？

好像也沒有了，只是想看看她好不好而已……

*

樂齡村的長廊像是美術館一樣，兩側牆面掛滿了古典名畫。仿古的壁燈，讓整體環境像是歐洲的宮廷古堡一樣氣派輝煌，但他實在無心欣賞。

踏入偌大的交誼廳，迎面而來的是一眼就能看盡戶外風光的落地窗，室內光線宜人。窗外是整片保養整齊的翠綠色草皮，放遠一看，還能看見重重山巒，不愧是高級的安養院，即使今日雲層較厚，沒有陽光，也不減這裡的舒適感。

廳內人不多，三三兩兩聚在一起談笑，也有坐在輪椅上，與工作人員對話的老人家。

他以為自己早就忘記母親的影像了，但才步入交誼廳，立刻認出了某一張木桌前，屬於母親的背影。

其實，背影能認出什麼呢？

但就是一種天性、一種直覺，他知道眼前這個穿深藍色碎花洋裝的婦人，就是自己的母親。那花色樣式是母親最愛的，人即使年紀不同了，喜好也不會有太大變動。

「玉丹阿姨，今天好不好啊？妳還在捲紙啊？」

果然，張督導緩步走向穿著藍色洋裝婦女的座位。

顗昇跟著走去，像是個小心翼翼的孩子，等待適合開口的時機。

母親就在眼前，但她沒有回頭，只是自顧自地低頭忙著。

在母親面前的木頭桌上，整齊疊放著好幾疊約莫半張名片大小的白報紙，旁邊散放許多棉花。

只見她輕輕抽起一張白報紙，接著捏起些許桌上那些細散的棉花。她先靠右把細棉花放在剛剛抽起的那張白紙裡，接著手指輕輕捏著白紙，右手食指稍微向內伸，將太過突出的散棉花朝紙面集中，再將包覆著散棉花的白紙輕輕對摺。

接著雙手食指撐著白紙的背面，再用雙手拇指將面對自己的這一半白紙，上下輕且慢地滾動，慢慢地，將白紙緊密地包覆住棉花，眼前的紙條，被搓成約莫直徑一公分不到的圓柱狀。她再熟練將前面凸起一部分的白紙以雙手拇指往下帶，往嘴靠攏，伸出舌尖用口水輕輕舔過上半部白紙凸起的區塊。接著用雙手食指將後面的白紙，慢慢往前下壓，包覆得更完整。

細長的圓柱紙條就這樣完成了。婦人露出孩子般的笑容，將它放在桌上。伸手再抽起下一張白紙，預備重複同樣的動作。

顗昇立刻明白了母親這些動作的意涵。

「我們都猜阿姨年輕時，是不是有抽捲菸的習慣。我們這裡有很多活動，但阿姨什麼都不參加，只是坐著發呆。這裡禁菸，所以社工師們想了很久，後來意外發現，用碎棉花和白報紙的方式讓阿姨動手做，她可以這樣做上一整天，對手指的精細動作也有復健的幫助。」

不！抽捲菸的不是母親，是別人！

但捲菸紙的是母親沒錯，他腦海裡浮現兒時的畫面。媽媽坐在桌前背對著光，為別人捲菸。那時她交了個來自香港的男友，是個不成氣候的音樂家，整日無所事事地窩在顗昇媽媽租下的小公寓裡。在他記憶中，香港叔叔雖然經常一副頹廢的樣子，但其實是有錢人家的公子哥。因為討厭家裡市儈的氣氛，跑來臺灣追求夢想。

香港叔叔對他很好，也會帶著他玩耍，讓他碰他的吉他。他也不會像其他人一樣，隨口衝著他叫「小雜種」。媽媽帶香港叔叔回家的時候，他也不用躲在衣櫃，可以自然在客廳玩他帶來的電動玩具。但顗昇知道香港叔叔不像爸爸，比起來，叔叔更像是愛玩耍的大哥哥。

他也知道，後來香港叔叔的父親病危，家人從香港打了很多通國際電話，不只把叔叔召回去，也把母親一起帶走了，那是他被送到洗衣舖的真實理由。

兒時可能不清楚，但隨著他慢慢長大，也逐漸整理出清晰的脈絡。此後，每年生日和聖誕節就會收到來自香港的高級玩具禮物，以及一張字寫得越來越潦草的便箋。

眼前的婦女手指細細長長的，跟他記憶裡相同。

捲紙的動作輕、柔、巧，也不像是上了年紀的人。

「玉丹阿姨，妳看，今天妳有訪客欸！」張督導再次試著打斷她的動作。

「那個……」顗昇試著開口想喊她，卻突然像是啞了一樣，發不出任何聲音，只能愚笨地發出幾個簡單的音節。原本就低沉的嗓音，顯得更為沙啞。

他再次清了清喉嚨，還想開口。身旁的張督導卻向前一步，蹲在婦人身旁，「阿姨，妳看看誰來看妳了？」

婦人停下手中的動作，緩緩轉過頭來。

顗昇被張督導突如其來的舉動嚇了一跳，沒預備好這麼快就和母親四目相交。直覺也反射性地堆出笑容，畢竟那是與母親分開三十多年後的重逢。

母親雖然也已有年歲，歲月卻沒在她臉上留下什麼痕跡，看得出來年輕時花了很多心思在保養自己，皮膚細緻，頭髮依然娟秀烏黑，一點也不像年過六十的人。

是啊，自顗昇有記憶以來，母親就是個很懂得照顧自己容顏的女人。

但此刻，顗昇卻覺得眼前的婦人，不是母親。至少，不是他過去記得的母親。沒有了靈氣與神清氣爽的模樣，她眼神空洞渙散，像是沒有靈魂一樣，對眼前的人露出疑惑的表情。

「玉丹阿姨，妳看看，妳知道這是誰嗎？」張督導指了指也有些錯愕的顗昇，再問了一次。

母親順著張督導手指的方向，朝了顗昇看一眼，笑了笑，搖搖頭，又低下頭來繼續捲菸。

顗昇不解，是母親認不出他來嗎？他知道經歷多年，自己已不是當初那個不到十歲的孩子，但母子連心，如果他一眼就可以認出母親的背影，她為何認不出自己兒子的容貌。

一股交雜悲憤的情緒，緩緩在顗昇體內浮現。

「哎，果然。果然認不出來啊。」

「認不出來？」顗昇滿臉錯愕地看著身旁的張督導。

只見她點點頭，領著他到窗邊。

「其實，阿姨得了失智症。」

「失智？」顗昇轉頭再看了一眼母親，她依然面帶微笑，低頭專注在自己捲紙的動作上，那表情如同戀愛中的少女。

「阿姨來的時候，是帶著診斷證明來的，是『早發性失智』。當時症狀非常輕微，幾乎沒有什麼問題。那時候雖然是國外的家人還是朋友陪她一起來，但所有的手續都是她自己完成的。一般來說會選定我們樂齡村入住的人，是因為我們這裡具備了完整的醫療照護，入住的住友有八成都患有會隨年齡增長而日漸惡化的慢性疾病，我們也會視狀況讓每一位住友有一位貼身看護。這也是為什麼，我們這裡一般不會開放其他訪客進來，除非在系統裡有事先註記過的名單，或者事前我們獲得家屬的同意。」

「可是剛剛……」我不就進來了嗎？顗昇想著。

張督導看出顗昇的疑惑，繼續說：「確實，像您今天這樣突然到來的訪客，我們一般是不會就這樣貿然放行的，但玉丹阿姨的情況不太一樣。一個原因是我曾貼身照顧過阿姨，她跟我提過她有個兒子。」

「她跟妳說過我？」

「嗯，那時候阿姨的狀態很穩定，也可以互動聊天。只是阿姨大多時候很安靜，也不太和其他住民互動。但曾有一兩次，我在照顧她的時候，她默默說出自己有一個年紀跟我差不多大的兒子，我其實很意外，因為阿姨保養得很好，看起來不像孩子已經這麼大了。」

「是，我媽媽很年輕就生下我了，當年……她也不容易。」顗昇再次看了看母親，不知為何那張面孔顯得既熟悉又陌生。

「原來啊，難怪了。不過阿姨的話讓我很好奇，後來查了系統才發現，當初阿姨登記入住時，在訪客名單裡記錄了三個名字，其中一個就是她兒子，也就是您的名字。」

「我？」顗昇意外極了。

「嗯，我猜想，阿姨恐怕知道自己有一天會忘記所有人，就預先把您的名字寫下了。或許，她很期待某天還能見到您吧。雖然，她已經認不出您了。」

「那她……她再也認不出所有人了嗎？」

「這也不一定，確實記憶是在慢慢退化，但偶爾某些老人家，前一天全忘光的事情，隔一天又全都想起。」

「這有可能嗎？」

「當然很罕見，但人類對大腦的認識實在太不足夠，光是『記憶』如何運作，到現在科學家們還是眾說紛紜。所以，沒有人能保證以後的狀況。」

「所以她還是有可能會想起來？」

「也不是沒有可能，但確實臨床證實，因退化而產生的記憶喪失是不可逆轉的，患有失智症的病患只會日漸嚴重，這是無法反駁的事實。」

突如其來的消息，讓顗昇一時間腦袋無法消化，不可置信地轉頭再度面向母親。突然，他眼光注意到在母親大腿上有一條紅色圍巾，半垂落在地上，已經碰到地板了。

一股力量撞向心臟，劃開了胸口。他兩眼直愣地盯著眼前這條有些歲月、已顯得暗沉的圍巾，不確定自己是否有看錯。

張督導順著顗昇的眼光看去，「哎呀，阿姨妳的圍巾掉囉。」她向前走去，彎下身撿起圍巾。她的雙手先是攤開圍巾，接著俐落地對摺，大小適中地鋪蓋回顗昇母親腿上。

「阿姨很寶貝這條圍巾，即使天氣沒那麼冷，她也幾乎隨身帶著。」

顗昇看著那條圍巾，心中五味雜陳。那是他國中家政課的第一個作品，男孩子不夠精細，初學的時候經常漏針，每次漏針就得重來好幾回，總得拆了又勾，勾了又拆，連續好幾晚背著阿公阿嬤偷偷熬夜，好不容易才勾出一條像樣一點的圍巾，讓阿公趕在母親生日前幫他寄到香港去。

後來，他也曾收到一張母親寄來的生活照，裡面就是這條圍巾，藏紅色的圍巾襯著母親娟麗的臉龐更為白皙耀眼。顗昇親手勾的圍巾，世界上就這麼兩條，藏紅色的，給母親，留下了另一條藏青色的，給阿嬤。

顗昇已經不記得自己是怎麼離開安養院的。

張督導的話一直盤旋在心中。

母親對他還有情感嗎？但為何多年來從不曾主動來找他？

若是沒有情感了？為何又會留下圍巾？又在系統裡留下他的名字？

他想起張督導把圍巾擺放回母親腿上的畫面，忙著捲紙的她並沒有停止手上的動作，也沒有特別表示什麼。

她真的在意嗎？當記憶中的畫面已漸漸褪去，留下的情感究竟是真實的感情需求，抑或單純只是對物品的依賴慣性？

他蹬上腳踏車，一腳又一腳地用力往下踩。每一次用力往下踩，都像是在水下奮力踢著，要浮出水面那般掙扎。有股憂傷在他體內蔓延。

他雙手緊握把手，感受掌中的刻意用力，像是要與世界對抗。

接著鬆手，讓自己的雙手與車身合為一體，以柔克剛地再度掌握生命。

有多久沒有這樣情緒幾乎迸裂？

多年來閱讀、運動與反覆洗滌，只為了讓自己回到最簡單的生活，不奢不求，自然能允許一切發生。

那麼多年的整理，那麼多年的試圖接納，結果到頭來全都不是那麼一回事？

他想過各種與母親重逢的畫面，但萬萬想不到是這一種。

如果母親不在意他，他大可憤恨指責；如果她還流露對他的關懷，他們可能相擁而泣。

然而此刻，卻是他早已從母親的記憶裡消失，但他卻無法質疑，那是不愛的表現。

一個不留神，腳踏車拐到路面上的凸起物，平時很能掌控腳踏車性能的他，直接摔跌在半山腰的路旁。

所幸這裡人煙稀少，也沒有後面的來車。

半山腰上，風大，跌落地面的顗昇向天空看去，樹葉在樹枝的縫隙間恣意飛舞。

弄不清風吹的方向從何而來。

顗昇躺在地上，開始放聲大笑。

那笑吐露著所有不甘與氣憤，也許也帶著一點自責。

笑著笑著，眼角擠出了淚水。

起身，身上的褲子磨破了，腳上的鞋子沾上了泥土，他不以為意。牽起車身，確定車子還能騎。幾個深呼吸後，這次他放慢速度，騎往回家的方向去。

Item 9/

洗滌記憶

☐可機洗 ☑手洗 ☐不可水洗

☐可漂白 ☑不可漂白

☐可烘乾 ☑不可烘乾

☑吊掛晾乾 ☐吊掛陰乾

☐平放晾乾 ☐平放陰乾

備註：

貴重物，洗好後
請永久珍藏。

咯吱，腳踏車的急煞聲在巷子尾響起，宛如往日重現畫面，不同的是這回騎車的女孩顯得十分焦急，慌亂跳下腳踏車，直往洗衣鋪內衝去，「老闆！糟了啦！」

才衝進洗衣鋪，她正好看見店主人從左側長廊底端出現，身後的木門順手帶上。小如知道門後的景象，那是上次拯救她的地方，她也一直很想問店主人關於那扇門後的故事，但今天不行，今天有更緊急的事情。

「老闆，你快來，大事不好了！」

「來了，來了。又這樣急急忙忙大呼小叫的。」洗衣鋪主人一貫的神態自若，彷彿天大的事發生了，他都不會皺一下眉頭。

「你看了就知道了啦！」小如急忙點開手機螢幕，將手機推向店主人，「我們被攻擊了！好多奇怪的惡意評論。」

接過小如的手機，細長手指在螢幕上下滑動，雙眼也隨著手指的位置來回流轉，表情依然沉穩，些許上揚的嘴角從頭到尾都沒改變，彷彿不受任何干擾。但若仔細看，會發現洗衣舖主人總是明亮的眼瞳，變得更深邃神秘。

「嗯，我知道了。」他把手機還給小如。

「什麼？就這樣？老闆你怎麼什麼反應都沒有？」小如不可思議地看著眼前的中年男子，面對自己的店舖受到一連串子虛烏有，甚至惡意中傷的言論，竟然什麼反應都沒有。

「要什麼反應？他們說的都不是實話啊，我沒有必要對不真實的事情反應吧？」

店主人走到院子外，拿起庭院用的剪刀，開始修剪起門外兩側的矮灌木。

小如也追了出來。

「就是不是真的才要回應啊！這樣對洗衣舖的生意有影響怎麼辦？」

小如實在想不透他怎麼可以這麼冷靜？是世代差異讓兩人面對同一件事情，卻有截然不同的反應嗎？

「我這裡是老店，服務的也都是老客人，憑的都是過往的信賴跟情誼，認識我們的客人就會知道那些都是假的。」他面無表情，看不出是真的不以為意，還是別有心思。

「也不能這樣說啊！」小如繼續說服他，「最近來的客人們不都是新客人嗎？我跟阿莫都也……」

「老闆！」小如話還沒說完，就被門口急躁的男聲打斷，接著一張漲成橘紅色，宛如小丑魚的面孔出現在院子外，「老闆！不好了！你快上網去看洗衣舖的評價。」

阿莫正要衝進院子，卻沒料到竟被隨意停放的腳踏車阻礙了去路。來不及減速直接撞上，眼看他也跟著踉蹌倒下，一旁的店主人敏捷地一把反捉住阿莫的手臂，保住了他的平衡。但就可憐了那輛腳踏車，車頭一歪，失去平衡，哐噹一聲，應聲倒地，腳踏車前後輪在距離地面二十公分處空旋轉著。

「阿莫，你幹嘛啦！每次都這樣莽莽撞撞。」小如心疼自己的車子，趕緊扶起來仔細檢查一番，根本忘記自己才是始作俑者。

阿莫不理會小如的反應，把手上的手機往店主人眼前推，「老闆你快看。」

行事一向慢條斯理的阿莫這回如此焦急，也是因為看到那些惡評，急忙趕來通知大家。但洗衣鋪主人卻連看都沒看就推開手機，讓他一臉錯愕。

「你不用給老闆看了啦！我剛剛就是發現那些留言才跑來的，但老闆一副無所謂的樣子。」小如找來院子裡的乾淨碎布，蹲在腳踏車旁，仔細擦拭自己的寶貝愛車。

「阿莫，謝謝。那些評論我看到了。」

「看到了？那怎麼辦？我們要不要趕快發文澄清？」

「不用了，我們做好自己就好了。」洗衣鋪主人走回到矮灌木前，繼續修剪著。

「怎麼不用？萬一影響生意怎麼辦？」阿莫跟小如有一樣的擔憂。

網路社群媒體模糊了真實與虛假之間的界線，匿名留言成了最安全的防護罩，人們早已不再相信事件的真偽，只選擇隨著自己眼前的文字起舞。被煽動的人往往以為自己是主角，卻不會意識到他們才是被利用的人。

「你不用再跟老闆說了啦！我剛剛也說了，他根本不為所動。好像這間店是我們兩個的一樣，比他還緊張。」小如一臉「你不用再努力了，我剛剛都試過了」的表情，不知道她是懊惱，還是賭氣。

「這……」眼前的展開，跟阿莫原本預期的完全不同，令他完全說不出話來。

店主人依然不語，專心修剪眼前的矮灌木。

「老闆你真的都不要緊嗎？」

小如和阿莫都是年輕人，對於不公不義的事情，情緒反應自然比較大，也認定洗衣鋪主人此刻的不為所動，就是助長了惡勢力。

店主人不知是假意不理會兩個年輕人的提問，還是另有想法，總之他依然專注在眼前的動作，沒有主動回答的意思，約莫過了十秒，才開口淡淡地說：

「面對無法控制的問題，我們能做的就是改變嘴角的線條。」

在洗衣鋪已經待上好一段時間的小如，對這個地方建立了深厚的情感，不打算善罷甘休，繼續生氣嚷嚷。

「我說，那個帶頭留言的人，一定是上次那個姓吳的女人啦！」

「誰？哪個姓吳的？」阿莫搔了搔頭，一臉困惑。

「就那個白色毛衣的主人啊？本來叫我丟掉，後來又跑來店裡說要拿的那個兇巴巴的女人。」

「一定是她啦！她要離開的時候，不是還放狠話嗎？說要上網給負評，根本是蜈蚣精化身。」

「小如！夠了！」店主人突如其來的喝斥，小如和阿莫都嚇了好大一跳。他的聲音不大，但是可以聽見嚴肅與不悅。

「我說過，不要任意討論客人的事情。」

店主人原本常帶著微笑的表情不見了，換上了一張冷靜正經的表情，眼底閃過一抹冷冽。

「謝謝你們都為我這個老舖子著想，但每個人總有自己的難處，不過度臆測他人，是我們可以給的良善，也是這間洗衣舖的堅持。你們如果真心把洗衣舖當自己的地方，就請記住這點。」低沉的聲線，字字鏗鏘有力。

「這……」小如愣著，但就是不服氣，嘟著一張嘴。

「好了好了，我想老闆有自己的想法，我們不要瞎操心啦。」二十來歲的阿莫畢竟出了社會，讀懂了言語間店主人的堅持，連忙推著她走進屋內，留給店主人安靜的空間。

已經修剪完畢的店主人，低頭掃著滿地的殘枝葉，集中在一塊。

庭院恢復了往常的安靜，只有掃把來回掃過葉片，在地上摩擦的聲音。

經過修剪，整排矮灌木俐落整齊許多。他突然浮現往日的畫面，想著阿公是這樣教導他如何修剪這排植物。

「這花是不是很漂亮？」記憶中，阿公站在灌木前，專注著修剪植物，阿嬤則是牽著他在一旁溫柔輕聲地說。

他點點頭，仔細聽著。

「如果想要讓這花開得更好，那麼就要在春天第一茬花蕾出現時，摘掉部分枝芽。之後每次枯萎後也要及時摘除殘花，才能讓養分集中，下次的花才能開得好。」阿公一邊說，一邊伸手細心抹掉眼前木枝上的嫩尖。「而且在秋末最後一次花謝後，一定要確實重剪，把那些瘦弱的枝葉剪除，才能確保隔年的花再次盛開。」望著眼前的矮灌木，老人家溫柔的聲音在他的耳朵繚繞，彷彿重現昨日的記憶。

此刻當時盛開的花瓣已不復存在，但他眼簾裡彷彿還殘留著那時如煙火般的星點，白的、藍的、紫的，點點燦爛，在眼前跳躍。煙火也稱為煙花，煙火射向天際的軌跡往往六秒不到，而每朵花蕊綻放的時間也僅是幾日不到，它們共同的意義，不是它們具體存在的時間有多久，而是在人的心中留下了多少記憶與情感，只要情感存在，剎那即是永恆。

接手照顧這庭院，是洗衣舖主人在這舖子裡的重點工作，為的是當這些花朵再次盛開時，讓每一位踏進這裡的客人都親眼看見繁花盛開的景象，即使時光荏苒，外在環境如何改變，這裡從未變化。

突然，屋裡傳來一聲「砰」的巨響，打破了店主人的思緒。

他急忙拋下竹掃把，衝進屋內。

屋裡小如和阿莫兩人錯愕地盯著彼此，滿地雜物散在兩人腳邊。一旁一個方形紙箱，原本是安放在書櫃最上層的，不知為何掉了下來，那些雜物就是從紙箱裡滾出來的：凹癟破損的籃球、像古董汽車的模型、表面呈現霧化模樣的指南針、泛黃的信件，還有不少男孩子的小玩具……滿地的物件，看起來都像是幾十年以上的舊東西。

「你們在做什麼？」見到是什麼東西被打翻了，洗衣舖主人臉色鐵青。

「對……對不起！」

兩人從沒見店主人這副模樣，更不知該如何是好，手忙腳亂想去幫忙收拾，卻被他一個箭步向前，一手擋開，「不用動！我來！」

不知是不是心理作用，此刻店主人的聲音竟然有些沙啞。

小如和阿莫就這麼在一旁發愣，就像做錯事等著被懲罰的孩子，在一旁大氣也不敢喘一下，一動也不動，等著店主人把東西一一拾起，檢查確認，再緩緩放回紙箱內。

時間彷彿暫停了，直到店主人收拾完畢，再次蓋上紙箱，他才好像回過神似的，突然意識到自己剛剛反應過度了。

「對不起，我好像太大聲了，是不是嚇到你們了？」他抱起紙箱放在書櫃旁的矮桌上，勉強堆起力不從心的微笑。

「不，是我們的錯，我跟小如打鬧過了頭，撞到書櫃了。」

「對不起。」小如也低下頭來。

「沒事！舊東西而已，是我反應太大了。」店主人不再說話，開始著手忙起洗衣舖的工作。

阿莫不敢再待，連忙找個理由先行離開。但小如對店主人突如其來的反應太好奇了，硬要待著，想找機會問個明白。這舖子裡有太多她想探究事情，不說別的，光是店主人對網路上那些惡意評論完全不為所動，卻因為打翻一個箱子而發火，就夠奇怪的了。

還有，走廊後面那間神秘房間是怎麼回事？

不找機會弄清楚很難受。

洗衣舖又恢復原本的樣貌，響起洗衣機與烘衣機規律運作的聲響。小如跟店舖主人彼此沒有再交談，陷入安靜，小如心裡一直盤算著怎麼跟店主人開口，一探所有的好奇，而店舖主人則懊惱自己都老大不小了竟然沉不住氣，對年輕人隨意動怒。

留在店舖裡的小如，把原本店裡的工作依序完成，客人送洗的純白被單和毛巾一批又一批地洗滌乾淨，烘烤得蓬鬆後，整齊地摺疊完整，一疊又一疊地放置在檯面上。

「老闆。」最後還是小如打破了僵局。「我這些毛巾都整理得差不多了。」

「啊，太謝謝妳了。」店主人手掌抹抹自己的額頭，有些不好意思。他不只感謝小如的幫忙，也感激小如沒有因為他亂發脾氣而產生芥蒂。不知自己今天怎麼了，不似平時那樣沉得住氣。

「那個……」小如望了一眼身旁剛剛被他們撞翻、店主人收拾好的紙箱，「那個紙箱，需要我幫忙放回書櫃上嗎？對不起，我們剛剛很冒失。」

「沒關係，不用了，我打算等一下收到後面的房間。」

對！後面的房間！

小如整個眼神發亮，一直沒機會問清楚關於那個神秘房間的來龍去脈，這下有機會了。

「老闆，那個房間怎麼會有這麼多東西？而且都包裝得好好的。」

「很好奇嗎？」

洗衣鋪主人直接抱起茶几上的箱子，朝屋子後方走去，他沒特別開口，但小如立刻明白他的邀約，把握機會跟在後頭。

洗衣鋪本身就是老式的住宅，靠左牆的磨石子樓梯，通往上層是洗衣鋪主人的起居生活空間，而樓梯旁是一條長長的走廊，走到底有間老式廚房，馬賽克磁磚水槽正對面是一扇木門。

舖子主人抱著箱子推開木門，後院的光線順著氣窗打進房內，一束束的光線宛如聚光燈一樣，聚焦在房間內的各處，讓這裡多了一道靜謐的氛圍。即使沒開燈，也不至於太過昏暗。

再仔細看，可以看見房內放置著許多鐵架，架上掛放各種衣物，皮鞋、公事包、襯衫、毛衣、西裝褲，全都清潔完畢，用透明塑膠袋包裝完整。另一角，套上透明塑膠袋的大衣、外套、洋裝整齊劃一地吊掛。

店主人從容地抱著紙箱踏進房間，環視一周後，走向前排架子尾端的一個空間，輕輕鬆鬆地把箱子推進，架上的空間與箱子的大小剛剛好。

小如站在門口，猶豫了一下，慢慢跟著走了進去。

「哇，老闆，裡面怎麼會這麼多東西，這都是什麼？」她瞪大了雙眼，她是第二次進入這個房間，但上次進來時太過匆忙，沒機會好好研究。

房內的溫度適宜，沒開任何空調，卻隱約感受到空氣的自然流動。一般來說，老屋子的舊房間難免有股因悶熱而產生的霉味，這裡卻沒有，相反地，小如能聞到物品被洗滌過後一股淡淡的皂香味。小如心中一股奇妙的感受湧現，但卻無法清楚描述那是什麼。

「這些都是客人留下來的。」店主人緩緩地說。

原來這間房囤放的是洗衣舖多年來客人未取回的衣物。洗衣舖從阿公阿嬤那代開始經營，已經半個世紀了，也留下了許多不同世代的物品。小如忽然知道剛剛那股奇妙的感覺是什麼了，這房間宛如存放著不同時間帶的各式各樣物件，時光停駐於此，彷彿在房裡定了格。所有的物品安穩置放，新舊交錯，卻又彼此不干擾。

它們都在靜靜地等候著。

「客人留下來的？是沒回來拿嗎？」

「是啊。」店主人開始在屋內穿梭確認，檢查吊牌上的字跡是否還能辨識。

「怎麼會沒回來拿？不想要了嗎？」小如不解。

「應該不是不想要吧，如果不想要，當初怎麼會送洗呢？」

「那怎麼會被留下來？」

「可能有各種緣由，不是不想來拿，而是無法來拿吧。」

小如跟著舖子主人在房間內繞了一圈，彷彿參觀博物館似的，屏氣凝神仔細盯著眼前一切。

「東西很多欸，有些看起來比我爸媽的東西還老舊，應該幾十年以上了吧！天啊！每樣東西都被保存得好好，老闆你該不會都還定期拿出來清潔吧？」

「當然要啊！只要留下來了，就要好好照顧。」店主人一副理所當然的模樣。

「為什麼？這些客人都不回來拿了，說不定都忘了。」店主人的思維還真是教人難以理解。

「就算忘了，也要好好保存，那是客人當初的心意。它們即使真的被遺忘，但也曾經存在過，**只要它存在於某人的記憶裡，就有它的價值**。」

「這也太一廂情願了吧！」

「人生中面臨的事情，分為『**個人可直接控制的**』和『**個人不可直接控制的**』。」

小如歪著頭，一臉不解。

「我們舖子開了幾十年了，從我阿公阿嬤開始到現在，這期間客人來來去去，有些老客人可能一陣子常常來，但過陣子就不見了。有些新客人，你以為他們只會是過客，卻留下了很深的情誼。我們從來無法決定別人的去留，唯一能做的，就是把交付給我們的事情做好，接著只要耐心等著，就好了。」

而且，每一件衣物都值得被好好對待，只要細心呵護，一定會有懂它的人。只要拿來洗衣舖的物品，每一件都會被妥善存放，在這裡等待著回來接它的主人。這幾句話店主人沒說出口，只是按照曾有人這樣交代過他的那樣，在心裡輕輕覆誦。即使他等待的人，或許已經不會再回來了。

「只能等待嗎？這也太被動了？如果人心都變了，怎麼可能還會回來？」

「這世上沒有什麼事情的樣貌能恆久不變的，不管是昨日、今日，還是明日……」說到這裡，店主人的腦海突然閃過一道光。他愣在原地，身體抖了一下，兩眼直勾勾地看向小如的臉，卻陷入了自己的思緒裡。

「老闆……你怎麼了？」

「啊，喔，沒事，沒事。」店主人回過神來，搖搖頭，趕緊將眼神移開。這句沒事，他是說給小如聽，也是說給自己聽的。

「你是不是想到什麼了啊？」小如試探性地問。

「**Yesterday-Today-Tomorrow**。」店主人突然說。

「妳剛剛來的時候，我正在修剪植物，對吧？我想到那個植物的英文就叫做『Yesterday-Today-Tomorrow』，就是『**昨日、今日、明日**』的意思。」

原來洗衣舖院子裡的矮灌木名為「鴛鴦茉莉」，春季開始開花，花朵不大，大約十元硬幣面積大小，因為花朵的香氣和茉莉花十分相像，因此有了鴛鴦茉莉這個名字。

「那種植物的特別之處，是在開花的時候，起先會是亮麗的紫色，接著會慢慢變成青紫色，最後花落前，花瓣就會變成純白色的，所以也有人稱這植物叫『雙色茉莉』。因為每一朵花開花的時間不同，全盛的時候，上面就會布滿紫色、藍色和白色的小花，西方人才會給了它這麼浪漫的名字：『昨日、今日、明日』，但不管是哪時候開的花，都是一樣的東西。」

此刻的小如奮力回想著自己每次在這院子進出的畫面，隱約能回憶灌木花朵盛開時，亮綠色的背景點綴上整片紫色、藍色、白色圓點，宛如煙火在黑夜裡燦爛放射的畫面。

店主人思忖著怎麼說下去。

「妳很好奇，為何我對網路上的惡評沒有任何回應，對嗎？」

小如用力點頭。

「幾十年來，這間舖子的經營理念，就是堅持妥善對待每一件進到這裡的衣物。不管外面變得如何，這裡都會是如初心一樣的存在。網路上的評論，好、壞都只是評價者的眼光，只反應在那一瞬間的樣貌，不是全部，也不會是永恆。所以面對惡評，解釋或者不解釋，都不會改變什麼。

「就像『昨日、今日、明日』，同樣的東西就依然會是相同的，就算表面上看起來不一樣，但本質上從沒改變。當妳用心去體會的時候，會發現**很多東西看起來不一樣，只是因為我們看待的眼光不同，但它本身並沒有不同。**」

洗衣舖主人說話時雖然輕描淡寫，但那股堅定的態度傳遞出某種信念。很難解釋那是什麼，也像是打開了某個記憶抽屜，這些話是記憶裡的阿嬤曾說給他聽的。

「昨日、今日、明日」一詞，描述著三個時間帶同時在灌木上存在，像是對這神秘房間的描述，又或者是店主人自身的心境。是對過往的回憶，是當下的享受，也是對未來的期待。

小如對店主人神秘的言論一知半解，忍不住轉換話題。

「那這個房間裡保管最久的東西有多久啊？不會跟你一樣老吧？」

一個無意的問題，又把洗衣舖主人推進更紊亂的思緒裡，他陷入沉思。

突如其來的靜默，讓小如以為自己問了不該問的問題，正想著該怎麼收回，店主人卻又忽然開口了，聲音有點苦澀：「嗯，確實跟我一樣老呢。」

如果自己也算是被遺留下來的，讓這間舖子保管的物品的話。

「什麼？那不就超過四十年了？」小如驚呼，「嗯，這麼久？那個人還會記得回來認領嗎？」

「會吧！我一直想這樣相信。這是這間洗衣舖存在的原因，這裡的所有人事物，都會等到人的。」除了我之外，我想等的人早已不記得我了。最後這句話，店主人擱置在心中。

「不好意思！請問有人嗎？」房間外，洗衣舖前院此刻傳來了聲響，看來有客人上門來了。

小如和店主人連忙離開房間，關上門前，店主人用他神秘深邃的眼神向房內環視了一圈。他的眼神，看不出是開心還是陰鬱，像一種藏在深處的謎語，就算解開也難以讀懂印在他瞳孔深處的密碼。

關上門，店主人跟上小如的腳步，向前門走去。

這間舖子自從他接手開始，他也如同這些物品一樣，一直在等著母親的歸來。等待的時間太長了，以至於他曾經一度以為自己不再等待了，但若是早已不再等待，又怎會持續守著這老舊鋪子呢？他以為的不再等待，恐怕也只是意識上的自以為而已。於是當知道了母親早已回到國內，他說什麼都要去找到她，他要去問個清楚，為何從沒有想過回來看看他？

他對母親曾經有的埋怨，其實早已慢慢淡去了。相反地，他感謝母親將他留給阿嬤。比起母親的照顧，阿嬤給他的是更真實的情感與依賴、穩定的關係，和安全的依附連結。

不知怎麼地，他腦中再次浮現了兒時阿嬤捏著他的小手，在院子裡賞花的模樣。所謂在愛裡成長的感受，就是這樣吧？如果母親不曾帶他來洗衣鋪，他不會在阿公阿嬤的愛裡成長。**母親給他最大的禮物，其實是將他留在這裡**。

門口那排雙色茉莉是阿嬤最愛的植物，是那木訥寡言的阿公親手為阿嬤種下的。阿公對阿嬤的愛，也不是透過語言表現的，而是透過那排綻放起來如同星空煙火的花朵，替他表達愛。曾經那是屬於他們老人家的浪漫，現在是他對長輩的思念。

他伸手順了順身上的圍裙，往洗衣鋪的前檯走去，預備迎接來訪的客人。

「你好，歡迎光臨，請問是要送洗嗎……」

他話沒說完，看見來訪的客人，就愣在原地。

「怎……怎麼會？」

眼前，是樂齡村的張督導，而她正攙扶媽媽，站在洗衣舖門口。

他眨了眨眼，不可置信地懷疑自己看錯了。

「你好，這裡是洗衣舖對嗎？」

這不是做夢，母親在張督導的攙扶下，確實站在自己眼前，她的聲音也與記憶裡沒有相差太多。

「是……」顗昇杵在原地，心跳飛速地跳著，他努力壓抑著此刻驚詫的情緒，瞪大了眼疑問地看著母親身旁的張督導。

「高阿姨今早一醒來，就不停說她要出門，有個地方非得去一趟不可。」

張督導從口袋中掏出一張對摺工整的牛皮紙，遞給洗衣舖主人。

顗昇走到母親前面，緩緩地伸出手，接過這張紙。這張牛皮紙看起來相當破舊，彷彿一過度用力就會化為碎片。小心翼翼地攤開來，一眼便認出這張紙是某個熟悉的信封袋的正面，上面寫有他青澀時期的字跡，一處是母親當年香港的收件地址，另一處則是洗衣鋪的寄件地址。

這是當年他將自己手作圍巾寄給母親時，所使用的外包信封。

顗昇再次抬頭，盯著眼前的兩人，不知該說什麼。

「你好，請問你們的老闆跟老闆娘在嗎？」母親明顯是把他認作洗衣鋪的員工了，所謂的老闆與老闆娘，應該指的是阿公和阿嬤吧。

「他們……嗯……他們今天都不在。」混亂中，顗昇依然試圖理智地不去干擾母親的認知。

「不在啊？那……那有一個叫高顗昇的小男生，他在嗎？」母親開始急躁地追問。

「他……」顗昇正要說話，張督導就立刻給了他一個暗示的眼神。「他……也跟老闆娘他們出去了。」

「喔？出去了啊？」母親頓時像洩了氣一般，音量變小許多。

「哎，不知道他們今天會不會回來喔？」她喃喃自言自語。

人總倚賴記憶，但記憶卻未必總是最可靠的盟友，高玉丹記得兒子的名字，卻不記得現實中時歲已過去許多，兒子早已不是當年的孩子，更無法認出眼前的人就是自己的兒子，這算記得？還是不記得？

「那，我們改天再來好了。」高玉丹沒見到自己想見的人，失望地拉著張督導，轉身就想離開。

「等等。」見到母親突然要走，顗昇出聲想留下她。他急忙想出一個說法，「那個……妳需要留話給他們嗎？」

「留話嗎？不用好了。也拜託你先不要告訴孩子說我來找他，我想給他一個驚喜。」說完，她繼續向外走去。

即使過了幾十年，母親指使他人時流露出的小姐脾氣、執拗又驕傲的性格，仍與當年如出一轍。

留不住母親的腳步，顗昇直覺反應是跟著追出門外，慌亂中突然脫口：「其實阿昇一直在等妳回來！」

高玉丹停住了腳步，轉身盯著顗昇。

「妳等我一下。」顗昇奔向屋子裡後面那個房間，在裡面翻箱倒櫃找了一番，終於找到自己要找的東西，又奔向門口。

他的胸口起伏劇烈，不知是急速奔跑還是過度緊張的緣故。他將自己緊捉的物品，推向她們眼前。

那是一個灰黑色的背包，背帶有斷掉破損又再縫補的痕跡。「妳離開後，這背包斷了好幾次，但阿昇一直留著這個背包，因為他記得媽媽對他說過，這個背包是交給他保管的東西，要等媽媽回來時，來跟他拿。」

高玉丹盯著眼前的背包，歪著頭，有些困惑，「這背包……看起來很像我給他的那個沒錯，但是，它變得好舊。有這麼久了嗎？」她伸出手，摸著上頭的縫補痕跡。高玉丹的眼神閃爍，盯著眼前的背包，又再次看著面前已成年的顗昇。

時空彷彿暫停了，所有人靜默，等待著。

她眼睛直盯著眼前的男子許久，記憶開始在她的腦內旅行，曾經一度暫停了的時光軸線，正緩慢拓展延伸。時光軸線上落下了斷斷續續的記憶畫面，部分灰霧的畫面被描上黑邊，腦海裡浮現一個六歲男孩的臉龐與眼前男子的輪廓清晰重疊。一股奇異的感受浮現，她猶豫著要不要相信此刻的這種感覺。

「阿……阿昇……？」高玉丹的雙唇不太確定地吐出這幾個字。

顗昇緩緩走到更靠近母親前面一些，兩人四目相接，原本乾澀的眼眶，因溼潤而多了幾分透亮。記憶未必是最忠實的盟友，但情感卻是可靠的提醒，感受是教人直面內心深處的真實指引。高玉丹伸出自己的手，撫上顗昇的臉頰，依循著手掌上的觸感探索著情緒的內隱記憶。一面透過手掌感受著眼前在此刻等候她多時的人，也一面感受自己等候多時的塵封記憶，被緩緩喚回。

顗昇繼續保持沉默，臉頰傳來母親掌心的溫度，順下原本急迫的呼吸。他不急著回答，他確實已等待多時，但也因此更毋須急於此刻。

等待總是難熬的，但即便如此，對任何等待的人來說，不論最終的結局如何，並不干擾等待本身的意涵。明日的母親是否會再度記憶起長大後的自己？顗昇此刻雖無從得知，但等待在這間洗衣鋪的過程裡，他早已洗滌、翻新、重生。

或許等待的意義，不在於是否等到，因等待的歷程即是淬煉洗滌的過程，帶著期待而等的過程，早已撫慰他的人生。

★後記★ 故事即人生

阿德勒說，「故事即人生」，在這九個物件，九篇故事裡，你讀到了什麼樣的人生？

身為諮商心理師，在晤談室裡，我聆聽著眾人的故事。隨著個案傾吐的記憶片段，找出生命的起承轉合，將原本零散的記憶拼圖，拼湊成更完整的人生故事。當然，人們生命所經歷的事件，總比能實際被提取出的更多，但埋藏在潛意識裡的故事，即使無法被化為言語，也依然留下情感，成為個人獨有的內隱記憶，等待被解讀。

我無比珍惜著每一次聆聽個案生命故事的時光。那是一種殊榮，每每進入個案的世界，我就彷彿獲得《岸邊露伴一動也不動》中的主人公「漫畫家岸邊露伴」所擁有的「天堂之門」能力，得以翻閱他人生命故事的篇章，因著故事中的生命療癒力而感動。

有些心理學家認為深層記憶是潘朵拉的盒子，不能任意翻開，一旦貿然窺探其中，將帶來不可收拾的災害惡果。但在諮商旅程裡，我學到「記憶」是人們生命的豐沛寶藏，不論是昨日、今日、明日，只要那些記憶曾出現在人們的腦海裡，那便是可貴資源，能成為修復傷痛的金鑰。因為故事，雖是個體客觀的經歷，卻也是個體主觀的詮釋，不管真實狀態與否，心理師關注的是個體如何詮釋這些生命經驗，並在恰當的時機，陪伴故事主角看見，即使再灰暗的記憶碎片，依然可能是救贖的曙光。如同洗衣舖的主人，他珍惜的不只是送洗物件本身的價值，更是那些物件背後蘊藏的意義。

人總倚賴記憶，雖記憶未必是最可靠的盟友，但對於記憶的情緒卻總引導我們看見內心深層的渴望。

於是在書桌前，我憑著直覺與那些自己也未曾覺察的內隱記憶，隔著螢幕敲打出一篇又一篇在《時光洗衣舖》裡發生的故事。我是個喜歡故事的人，故事之所以吸引我，在於它能在短短的篇幅內，濃縮出人間百態裡的精采。把那些能說的、不能說的，都透過故事角色的對白互動，替讀者敘述出人生的苦澀酸甜。

小說的存在，因此具備療癒的意涵。讀者能將一部分的自我情感安放在故事裡，將那些大腦無法消化的生命迷惘，交由內在情緒去梳理體悟。

以小說創作來說，《時光洗衣鋪》相對簡短，但裡面的每篇故事，都對我極具意涵。因為即使故事是虛構的，也非改編自任何一位個案的生命歷程，但其中，我所投注的情感與思緒再真實不過。九篇小故事，透過九件待處理的物件，不只梳理各個篇幅主角的內在世界，也走過洗衣鋪主人的生命洗滌之旅。

身為心理師，我確實帶有私心。我在鋪子裡的牆角、磚瓦上、空間的流動裡，刻意留下了阿德勒與其他哲學家的影子，我甚至也埋入了自己喜歡的人和物品在裡面。就像是在打造洗衣鋪的過程中，我也一併留下了部分的自己。我想像我喜歡的演員一樣，在創作裡，呈現部分的「真我」，用真實的心境來刻畫每個角色。但又同時，我也追求著故事裡的「無我」，渴望在角色裡看不見我，將我化為「無形」。每個角色都像是我一部份的分靈體，我們分享著相同的情緒、性格、說話方式、人生苦惱與抉擇，但他們也都不是我。

不知你怎麼看待這九個物件、九個故事？又或許，你也跟著鋪子主人顛昇一起，在《時光洗衣鋪》裡走過了從兒時、少時至中年的生命時間軸，洗滌了自己某些記憶片段？你也看見自己了嗎？是否有哪句話有那麼一丁點地打動了你？是否，你也一度投射了自己的情感在其中一件物品之上？寫作是孤獨的，但這樣的孤獨，未必是寂寞。故事中的某種心境與情感，倘若曾有那麼一刻打在你的心上，那便是我最大的感激與感動。故事裡用了不同的物件來穿插，從心理學的角度看來，「物件」都是人格意識的象徵。當人們展現出對物件的不捨或其他情感，那也是人處於世，也擁抱於世的連結意涵。藉由《時光洗衣鋪》裡的每種物品，身為作者的我，也與身為讀者的你在文字上交會了。

我要感激這本小說的創作路上，獲得了皇冠文化團隊如此豐厚的信賴與協助，因著他們的勇氣，我們相信了心理學不只用來解構故事，也能建構故事。

感謝皇冠總編婷婷、責任編輯承歡、行銷企劃采芹、封面插畫Damee、美術設計Bomi，與雜誌主編的曉盈，沒有曉盈最初的邀請，這間洗衣鋪沒有開張的可能；承蒙婷婷對初稿的肯定，給了我信心，讓我有勇氣繼續洗衣鋪的故事；而後更是有承歡瞻前顧後，給予專業建議，使洗衣鋪的故事更臻完整。

也感謝在我寫作路上的知音貴人小花與小玉，和專屬「試讀良友」艾瑪，因為沒有他們一路的扶持和陪伴、提醒與鼓勵，便不可能成就我人生中的第一本小說創作。當然，更要感謝身為讀者的你。雖然，在海蒂寫作的路上，讀者的喜好並不是我努力的絕對原因，但若是沒有願意欣賞的人，那自然是無法更自在歡愉地持續往下走了。

至於洗衣舖，未來會如何呢？

我想它依然會待在那安靜的無尾巷底，靜待每一個有緣踏入的客人，靜謐又忠誠地完成它一直以來被賦予的任務。

此刻，這本書的任務結束了。它串起了洗衣舖裡每一位人物、物件與你認識的機緣，但它的任務在這「後記」的尾聲，也同樣畫上了句點。

讓我們好好道別吧！

因為幸福的人，是能好好說再見的人。

謝謝你！我們再見。

海蒂

二〇二三年五月六日　立夏

國家圖書館出版品預行編目資料

時光洗衣舖 / 海蒂（李家雯） 著. -- 初版. -- 臺北市：
皇冠, 2023. 05
面；公分. -- (皇冠叢書；第5101種) (心風景；03)
ISBN 978-957-33-4026-3 (平裝)

863.57 112006779

皇冠叢書第5101種
心風景 | 03

時光洗衣舖

作　　者—海　蒂（李家雯）
發 行 人—平　雲
出版發行—皇冠文化出版有限公司
臺北市敦化北路120巷50號
電話◎02-27168888
郵撥帳號◎15261516號
皇冠出版社(香港)有限公司
香港銅鑼灣道180號百樂商業中心
19字樓1903室
電話◎2529-1778　傳真◎2527-0904
總 編 輯—許婷婷
責任編輯—蔡承歡
美術設計—嚴昱琳
行銷企劃—蕭采芹
著作完成日期—2023年5月
初版一刷日期—2023年5月
初版二刷日期—2023年7月
法律顧問—王惠光律師

讀者服務傳真專線◎02-27150507
電腦編號◎586003
ISBN◎978-957-33-4026-3
Printed in Taiwan
本書定價◎新臺幣320元/港幣107元